오늘도
도망치고
싶지만

오늘도
도망치고
싶지만

박유미 에세이

윌링북스

저와 함께한 선배님, 동기님, 후배님들에게

저는 참 운이 좋은 사람입니다.
제가 어디에서 이렇게 멋진 선생님들을 만날 수 있을까요?
우리가 만났던 아픈 이들과, 그들의 가족과,
병원 내 어느 직원들보다
저는 선생님들을 자랑스럽게 생각합니다.
든든합니다.
선생님들을 만나 순간순간이 조금은 행복해졌습니다.
불가능을 가능으로 바꾸고, 혼자가 아닌 함께를 알려준
14서 병동 선생님들과 응급실 선생님들.
당신들을 생각하며 저는 조금 더 다정다감해집니다.

오늘도
도망치지 못하는
이들에게

저는 가진 게 별로 없는 사람이거든요. 그래서 포기가 쉬워요. 버릴 게 없거든요. 남편도 없고, 아이도 없고, 집도 없고, 서울에 친구도 얼마 없고, 돈도 없고, 성공하고 싶은 야망도 없어요. 그래서 저는 늘 도망치고 싶었습니다.

가끔 뉴스에서 제가 하는 일에 대해 나오는 걸 들어요. 올해는 어느 한 간호사가 자살하는 바람에 제가 하는 일이 평소보다 더 많이 기사로 나온 걸 봤습니다.
태움, 임신순번제, 3교대, 장기자랑, 살인적인 업무, 감정노동, 자살, 성희롱…….
저는 제 주변의 이 모든 걸 보고 들으면서도 화가 나지도 불타오르지도 않았어요. 전 곧 떠날 거니까요. 이곳에서 도망가면 이곳은 저와는 상관없는 세상이 되어버리는 거니까요.
그렇게 "난 뒤도 돌아보지 않을 거야"라며 가족, 친구, 친척들에게 말한 지가 벌써 9년이나 되었네요.

하얗고 묵직한 막걸리를 앞에 두고 지인과 대화를 하고 있어요.

"저 정말 못할 것 같아요"라는 말소리가 들립니다. 단발머리에 화장도 하지 않고 파란색 털모자를 쓰고 있는 27살의 제가 마주한 사람은 머리가 희고, 길고, 얼굴은 햇볕에 그을려 있고, 검은색 뿔테를 끼고 있어요. 그 옆에는 커다란 가방이 보입니다. 흰머리 때문인지 나이를 가늠하기 어려워요. 세계를 여행하고 온갖 사람들을 만나고 본인이 하고 싶은 일이 직업이 된 그분에게 전 어떠한 대답을 바랐을지도 모르겠어요. "그래, 그만둬버려"라고요. 제 삶의 지표와 명쾌한 해답을 주길 바랐습니다. 그래요. 정해진 답을 다른 사람을 통해 듣고 싶었을지도 몰라요.

그런데 그분이 그러네요.

"기록을 남겨 놓는 건 어때. 어쩌면 그 기록 속에 답이 있을지도 몰라. 그만두거나 그만두지 않더라도 기록을 해두는 건 정말 좋은 거야. 특히 네 직업은."

그래. 언제 그만둘지도 모르는데 한번 해보지 뭐.

그렇게 2012년부터 숙제를 하기 시작했습니다.

숙제는 다 어려운가 봐요. 답과 기한과 방법이 없는 숙제는 특히 더 어렵게 느껴집니다. 아직도 제출하지 못해서 그런가요. 그때 미숙하고 어리석던 저와 지금의 저는 달라진 게 별로 없어요.

그래도 7년째 숙제를 하는 동안 달라진 게 하나 있다면 아마도 일상적이고 사소한 것에 시선을 갖게 된 게 아닐까 싶습니다. 치열하고 바쁜 몇 초 몇 분 사이에서도 삶은 흐르고 그 삶 속에는 반짝이는 조각이 있고 그 모든 조각은 부서질 수 없는 가치가 있다는 사실을 점차 알게 돼요. 가끔은 다른 사람의 시선으로 삶을 바라보기도 하고요.

그렇게 삶은 일렁이고 입체적이고 고민과 소진의 과정이고 애환이 있는 것처럼 느껴져요. 인스타그램에서는 느낄 수 없는 복잡한 감정이죠. 남의 삶을 염탐하면서 하락하는 자존감이 조금은 위안을 얻습니다.

언제쯤이나 숙제를 완성할 수 있을지 궁금해요. 왠지 그때가 되면 제 그릇에 맞는 삶에 만족할 수 있을 것만 같아요.

그러고 보니, 여기 쓰인 글 대부분이 나이트 오프 때 끄적인 거예요. 밤을 새우고 다음 날 종일 자다 보면 밤에 잠이 안 오거든요.

잠은 안 오고 눈은 말똥거리고 생각만 많아집니다. 수십, 수만 가지 생각이 떠오르고 불투명한 미래에 불안하기만 한데 기억만 선명해져요. 참 멜랑꼴리하게 말이죠.

그래서 혼자 '내 삶은 어디로 흐르는 걸까'라는 혼잣말을 하며 떠오르는 하루를 적어요. 그런 글들이 모이니 불안하고 상처받고 힘들고 외롭고 불행한 글만 있네요. 혼자 방황하는 건지, 아니면 인간은 원래 불안한 건지, 한참을 고민하다 또 밤을 새워요.

홀가분했어요. 6월이면 끝이었습니다. 사직 면담을 하고 6월에 그만두기로 했었거든요. 그렇게 도망치고 싶은 곳이었는데…….
저는 6월이 지나고 여름이 지나고 겨울이 오는 이 순간에도 병원이라는 공간에 불행한 사람들과 하루를 보내고 있어요. 치열하게 진지하게 고민하면서 말예요.

그래요. 도망치고 싶었지만 조금 더 머물기로 했습니다. 용기가 있었던 걸까요, 없었던 걸까요. 자꾸 미련이 남았어요. 내가 만났던 좋은 선생님들, 분주하게 뛰어다니고 집에 돌아오는 길에 느끼던 홀가분함, '그래도 내가 무언가를 하고 있구나'라는 존재감,

학자들과 함께 고민한 간호학의 미래, 내가 하는 일이 좋은 일이라는 확신, 수많은 실수가 만들어낸 한 번의 성취감. 죽을 것 같은 사람이 좋아지거나 급격히 상태가 나빠지는 삶을 보면서 느낀 인간에 대한 안타까움과 보람의 순간들…….

모든 순간이 저를 붙잡아요. 꽁꽁 싸매서 버리고 싶은 그런 순간들이 모여 또 다른 저를 발견하게 되고, 그런 저를 공개함으로써 저는 더 자유로워집니다.

여기에 쓰인 기록들은 순전히 저만의 시선이기에 어쩌면 누군가는 '다르다', '틀리다'라고 말할지 모르겠어요. 그런데 저의 사소하고 개인적인 기록이 누군가에게는 나 혼자만 힘든 게 아니었다는 위로와 공감을 주고, 간호사를 꿈꾸고 있는 이들에게는 미지의 공간에 대한 막연함을 덜어주고, 간호사에 대한 편견과 오해가 있는 이들에겐 삶이 다양하고 입체적이고 일렁거리고 있음을 보여주고 싶어요.

삶은 앞으로도 예측한 대로 흘러가지 않겠죠. 그래도 언젠가는.

언젠가는. 제가 꼭 도달하고 싶은 그곳에 가고 싶어요.
행복, 성숙, 인격의 함양.

오늘도 도망치고 싶지만 도망치지 못하는 이들에게 저의 하루를
드립니다.

박유미

1장

하찮은 하루가 모여간다

퇴근

아침 7시가 넘은 시간. 다른 간호사들은 나이트 업무가 끝나고 중앙 데스크에 모여 "가도 된대요"라며 퇴근 컨펌을 전한다. 아직 일이 남은 후배들을 두고 가자니 괜히 마음이 쓰여 그들의 업무가 어느 정도 마무리되기를 기다리다 8시가 되어야 슬금슬금 응급실 밖으로 나와 탈의실로 향한다. 같이 가는 이가 없는 걸 보니 탈의실을 같이 쓰는 다른 간호사들은 모두 집에 간 듯하다.

3층 탈의실에 도착해 머리를 감싼 망을 풀고 장 앞에 쭈그려 앉아 안도의 한숨을 내쉰다.
'드디어 하루가 지나갔구나, 드디어. 오늘도 감때사나운 사람들을 또 마주쳤구나. 정말 힘들었다. 참 수고했다. 길게 느껴졌는데, 지나고 보니 참 짧았구나.'
내 안의 모든 것을 내뱉는 한숨과 함께 하루를 정리한다. 아무리 일이 힘들고 사나운 사람들을 만나더라도 이렇게 잠시 한숨을 내쉬면 내 안에 긴장감과 억울함이 조금이나마 덜어지는 것 같다. 거울을 보며 손으로 머리를 몇 번 쓰다듬고 정리해도 머리 망을 착용했던 흔적이 고스란히 남아 있다.

자리에서 일어나 간호복을 벗고 다리를 죄고 있던 압박 스타킹도 벗는다. 얼마 전부터 다리가 붓고 아파 압박 스타킹을 신기 시작했다. 다리에는 파란 물감으로 그린 듯 흉물스러운 혈관들이 보인다. 예전에는 예쁜 다리였는데……. 짧은 치마를 즐겨 입지 않아 다행이다.

마스크를 벗어 휴지통에 버린다. 얼굴에 남아 있던 화장도 마스크와 함께 그대로 버려졌다. 거울 안에는 화장기가 없는 생기 없는 여자가 보인다. 이렇게 나는 오늘 하루도 소진했다.

밖은 어젯밤보다 더 차가운 바람이 분다. 두툼한 외투를 목까지 조이고 손을 주머니에 깊이 찔러넣는다. 지하철까지 걸어가는 동안 외투에 얼굴을 푹 파묻고 최대한 바람을 피해본다.

해가, 햇볕이 반갑다. 응급실 안에는 햇볕이 들지 않아 해가 언제 떴는지조차 가늠할 수가 없다. 어제 출근할 때도 밤중이었고, 이렇게 퇴근해서 쓰러져 자고 일어나 저녁에 나이트 출근할 때까지 집에 있을 테니, 어제, 오늘 그리고 내일 중에 해를 보는 시간은 지하철역을 향해 걸어가는 이 시간이 유일하다.

해를 보지 않았으니 얼굴이 하얗고 창백할 것 같은데 실제로는 창백하다기보다 칙칙하고 어둡다. 웃음 하나 없이 지친 표정이 역력하다.

지하철 안에는 출근하는 회사원이 가득하다. 어느 여자는 자리에 앉아 화장을 고치고, 어느 여자는 하이힐을 신고 코트를 걸쳤다. 한 듯 안 한 듯 세심한 화장법을 구사하는 여자를 관찰하는 나는 화장기 하나 없는 얼굴, 머리핀 자국이 선명한 촌스러운 머리 스타일, 갈라진 손과 아무것도 바르지 않은 손톱, 편한 외투에 운동화를 신고 있다. 유리에 비친 모습이 팬스레 초라하다.

나는 언제쯤 그녀들과 함께 출근하는 삶을 살 수 있을까. 밤낮이 바뀐 삶을 사는 나는 평범한 삶들을 관찰하고 동경한다. 나도 추위와는 상관없는 외투를 걸치고 하이힐을 신고 빨간 립스틱을 바르는 커리어우먼 같은 여성이 될 수 있을까. 언제까지 지치는 삶을 살아야 할까.

동생이 출근한 지 얼마 되지 않아 그런지 집은 생각보다 포근하다. 옷도 갈아입지 않고 그대로 침대에 누워 잠들고 싶은데, 배가 고프다. 생각해보니 밤 근무 중 다른 간호사들의 식사를 번갈아 챙긴 후 새벽 3시가 넘어 간신히 야식을 먹었을 뿐이었다. 혼자 먹는 멸치 주먹밥은 생각만큼 맛이 없어 먹는 둥 마는 둥 했다.

부엌을 뒤져 최대한 조리시간이 짧은 음식 하나를 꺼내 요기하며 TV를 켠다. 40년 전에 버려진 아이를 입양한 불임 부부, 그리고 아들의 도박 중독, 남편의 사망, 파양, 도박 빚을 갚기 위한 아들의 사기행각.

TV에서는 아줌마들이 좋아할 만한 이야기가 나오고 있다. 이렇게 나의 하루는 내일이면 잊힐 이야기와 함께 끝나간다.

눈이 감긴다. 꿈조차 꾸지 않는 잠이 온다.

나는 어떤 사람이지?

"신기해. 네가 이렇게 말을 하는 사람인 줄 몰랐는데. 이렇게 말을 하고 있는 게 너무 신기해."

응급실로 온 지 1년이 넘었는데, 얼마 전 응급실의 한 동료가 나를 신기한 눈으로 쳐다봤다. 내가 그렇게 말을 안 하고 살았던가. 혼잣말을 되뇌며 가만히 생각해보니 내가 말이 없는 건지 말을 아낀 건지 나조차 헷갈린다.

여러 사람이 모인 자리에 있을 때면 나는 늘 구석에 앉아 그들의 이야기를 들으며 웃거나 맞장구치는 역할을 했고, 쉬는 날이면 혼자 시간을 보내곤 했다. 낯선 이에게 쉬이 말을 트지 못하는 성격이라, 그들의 농담에 어색하게 웃음만 짓는 경우가 많았고 그만큼 긴 대화를 나누는 게 불편했다.

몇몇 생각이 떠오르기는 하는데 말로 쉽게 정리를 못 한다. 대화로도 메꿔지지 않는 공백 때문인지 올해도 나는 이별을 한 번 겪었다. 또, 괜히 긴 이야기를 꺼냈다가 말이 왜곡되어 나를 잘 알지 못하는 사람이 괜한 오해를 하는 것도 싫어서, 친한 친구 몇을

빼면 사람들과 가까워지는 게 쉽지 않다. 응급실에 온 지 1년이 지났음에도 나 자신을 이방인으로 취급하며 지냈나 보다.

"저 얼마 전에 샘 사진 봤어요. 그 프로그램에 나온 사진이요."
작년 병동에 근무할 때 봤던 인턴이, 며칠 전 응급실에서 마주치며 나에게 한마디 전했다 . 그게 2013년이니 벌써 4년이나 흘렀음에도 아직도 나를 〈짝〉에 나온 간호사로 바라보는 사람들이 있다.
사랑이든 삶이든, 나를 적극적인 사람으로 바라보는 사람들이 있다. 그중에는 그런 사람이 왜 아직 결혼을 안 하고 있느냐고, 안쓰러운 눈길로 바라보는 것 같기도 하다. 나는 그저 남들이 하지 못한 경험을 한 것뿐인데, 나는 과연 그들이 생각한 것만큼 적극적인 사람인 걸까.
생각해보면 내가 내 인생의 주인공이라고 느꼈던 시기는 바로 그때였던 것 같다. 쌓인 업무, 타인의 시선에서 벗어나 나만의 생각을 표현하고 정리하고 선택할 수 있었던 그 시간만큼은 내가 주인공이었고, 내 인생이 한 편의 영화, 한 권의 책으로 표현되는 순간이었다. 재밌었는데.

나는 누군가에게는 인간의 아픔을 이해하지 못하는 사람이지만, 다른 누군가에게는 위로를 나누는 사람이기도 하다.

나는 좀 더 좋은 간호사가 되기 위해 노력하지만, 금방이라도 다른 일을 하고 싶기도 하다.

나는 남들이 쉽게 하지 못하는 일을 하고 있으면서도, 편의점 아르바이트생이 부럽기도 하다.

나는 내 인생을 결정하는 선택을 하기도 하지만, 어느 순간엔 질질 이끌려다녀 금방 지치기도 한다.

나는 여러 가지 경험을 하고 다른 분야의 사람들을 만나는 것을 좋아하지만, 혼자 있는 시간을 즐기기도 한다.

나는 사랑을 하는 순간에 가장 삶이 즐겁다고 생각하지만, 사랑을 쉬이 시작하지 못하기도 한다.

나는 성당에 나가지 않지만, 매일 출근하는 시간과 일을 하는 동안에 기도문을 외운다.

나는 눈을 맞추며 반갑게 인사하지만, 사람들의 시선을 외면하기

라섬은 하루가 모여진다

도 한다.

나는…….
나는 어떤 사람이지?

지나고 나면 아름답다

계속되는 질문들이 머릿속을 떠다녔다.

'왜 이렇게 살아야 하는가. 이렇게 사는 게 맞는 걸까.'

끊임없는 질문이 나를 괴롭혔고 그래서 나는 더 나를 찾기 위해 노력했던 것 같다.

서른이 되면 이런저런 생각을 균형있게 갖춘 사람이 될 줄 알았는데 1년 전이나 서른 살의 12월이나 나는 생각이나 행동에 큰 변함이 없다.

그저 알 수 없는 책임감만이 남겨졌고, 여느 해와 같이 서른 살의 해 또한 나이가 듦을 알 수 없는 한 해였다.

연구, 보고서, 발표, 실습, 메르스, 환자, 병원……. 어려웠던 한 해가 지고 있다.

대학원 4학기 동안 '과연 앞으로 내가 원하는 것은 무엇인가'라는 질문에 '생각보다 열심히 살지 말자. 그리고 나에게 더 초점을 맞출 것'이라는 결론을 내었다.

남의 생각과 말에 휩싸이지 말 것. 남의 시선에서 벗어나 나만의 색을 만들 것. 보여지는 삶이 아닌 보이는 삶을 살 것.

그런 의미에서 나에게 조금의 여유를 주기 위해 나는 개인 과제를 선택하지 않았고, 주어진 주제보다 내가 하고 싶은 주제로 발표를 했다.

남에게 가식적인 모습을 보이는 사람과 점차 멀어졌고, 그들을 신경 쓰지 않기로 했다.

평상시보다 잠을 좀 더 잤고, 좋아하는 책을 읽었고, 침대에 누워 좋아하는 드라마를 보며 오후를 보냈다.

상반기 동안 힘들었던 나를 스스로 위로하며 2015년의 하반기를 보냈다.

아무리 힘들더라도, 지나면 미화된다.

어제와 오늘 사이

어제와 오늘 사이의 순간이 지나가고 있다.

6년의 3분의 1을 어제와 오늘 사이를 보내며 어둠을 지켰는데도 아직 내 몸은 어둠에 쉬이 익숙해지지 않는다.

어제도 거의 잠을 자지 못했다. 어김없이 두통이 찾아온다. 두통은 머리끝에 전기가 오는 것처럼 시작되어 점차 뒷머리로 이동하더니 어깨에 내려앉는다. 어깨에 바늘을 찔러서라도 이 통증을 잊고 싶다는 생각이 들지만, 차마 실행에 옮기지 못하고 손으로 어깨를 콕콕 누르며 통증을 달랜다.

어제 창문 밖에서 들린 공사장 소음과 어린아이들의 웃음소리, 차가 지나가는 소리, 여름의 햇빛이 야속하다.

새벽 5시 43분. 불면의 후유증이 서서히 나타나기 시작하고 그렇게 오늘이 오고 있다.

오늘은 또 무엇이 내 잠을 방해할까.

고사리 같은 손에

어린아이의 손이 떠올랐다. 76세 할아버지는 나에게 그런 손 모양새로 약을 받기 위해 기다리고 계셨다.

그것은 흡사, 할로윈데이에 사탕을 받고는 손에 꼬옥 쥐고 있는 어린아이의 손과 같았고

벚꽃 잎을 흐드러지지 않도록 손바닥 안에 고이 간직한 채 그대로 집에 갖고 가려는 마음과 같았고

색이 고운 매니큐어를 바른 뒤 마르지 않은 매니큐어가 옷깃에 닿기라도 할까 조심하는 것 같기도 하였다.

나는 고사리 같은 할아버지 손에 마이폴(진통제)과, 모틸리톤정 (소화불량증 치료제)과 마그밀(변비약)를 쥐어드리고는, 그저 앞으로도 아프시지 않기를 바라며, 손을 잡아드렸다.

생명의 위협

"선생님, 요즘에 몇 시간이나 자요?"라는 내 질문에
"많이 자야 두 시간인 것 같아요"라고 답한다.
마음이 짠하다.

우리 과 1년차 수련의는 씻지도 못하고 오늘도 간호사실 컴퓨터
앞에서 쪽잠을 취하고 있다. 주변에서 일하는 의사들을 보면 그
들이 일을 하는 원동력이 무엇인지 가끔 궁금할 때가 있다.
그들은 무엇을 위하여, 무엇 때문에, 어떻게 이런 고된 삶을 견디
고 있는 것일까.

간호사가 주치의에게 노티를 한다.
"선생님, ○○○ 님 갑자기 이명 소리가 들리신대요."
그러자 주치의가 대답한다.
"내가 이명 소리가 들리게 생겼어."
그러고 보니 1년차 주치의 2명 중 1명이 일주일 휴가를 가서 다
른 한 주치의가 일주일 내내 당직을 서고 있다. 첫째 날에 그는
응급 수술로 인해서 2시간밖에 자지 못했고, 다음 날도 그다음 날

도 그리고 그다음 날도 당직이긴 마찬가지였다.

"생명의 위협을 느끼겠네"라는 그의 말이 농담으로 들리지 않았다. 그는 전날 또 얼마나 짧은 잠을 잤을까. 그러면서도 그는 요붕증 증상이 있는 환자의 이름을 기억하고 있었다.

'의사들은 참 인생을 열심히 살고 있구나'라는 생각이 든다. 실제로 그들은 누구보다 열심히 살아가는 사람들이다.

오늘도 속으로 울었다

- 간헐적 도뇨를 하는 환자가 딸과 통화하면서, 고맙게도 간호사들이 소변 뽑아주고 있다고 한다. 너무 고맙고 미안해서 말을 못 하겠다고. 그런데 수화기 너머 딸이 하는 말이 들린다.
"그게 그 여자들이 하는 일이야. 미안해하지마."

- 입원생활 안내 중 환자 권리에 대해 설명을 하자 "알아서 이런 거 다 챙길 거니까 걱정 마세요."

- 멀쩡히 걸어다니는 환자. 지나가는 간호사에게 발을 내밀며 "양말 좀 벗겨주세요."

- 간호사는 2시간에 한 번씩 환자에게 갔지만, 보호자와 자꾸 어긋나 마주치지 못한 상황. 보호자가 간호사실에서 나와 얘기한다.
"2시간마다 온다고 말만 하고 오질 않는다. 소송 걸겠다."

- 환자 혈액검사를 실패했다. 욕을 먹었다.
- 수액 교환시간. 남아 있는 수액 300cc가량 떼고 새로운 수액을

달자 "왜 그걸 떼가려고 하느냐"며 나에게 "다시 그거 달아라"
라고 명령한다. 수액 교환시간이라고 하자 "니 이름이 뭔데?
니가 뭔데!"라고 말하며 수첩에 내 이름을 적는다.

기운이 쫙 빠진다. 나는 오늘도 내 감정을 숨기고, 말을 아끼고,
참고 또 참았다. 몸에 사리가 생길 것 같다.
나는 오늘도 속으로 울었다.

스트레스를 푸는 법

간호 관리 실습을 온 학생과 내가 나눈 대화.

학생 : "선생님은 스트레스를 어떻게 풀고 계시나요? 그런 방법
　　　 이 있나요?"
나 : "스트레스는 푸는 게 아니야. 쌓이는 거지."

밥 한 공기

준중환자실 근무 중에 가장 부담스러운 건 '전적인 식사 보조'다. 준중환자실에 있는 환자들은 음식을 빨리 넘기지 못하기 때문에 소량씩 한 숟가락씩 식사를 제공해야 한다. 당연히 식사 시간이 오래 걸릴 수밖에 없다. 자칫 잘못하면 깨끗한 환의에 음식물을 쏟기도 해서 식사를 마치고 또 환의를 갈아 입혀야 하는 번거로움까지 생기곤 한다.

밥을 넘기는 속도가 느려 어느 때는 밥 한 숟가락을 먹이고 다른 일을 하다가 또 밥 한 숟가락을 먹이고 다른 일을 해야 하는 경우도 있다. 준중환자실 안에는 환자가 4명 있는데 혹시 의식이 명료하지 않은 환자가 있거나, 응급 상황이 발생하거나, 급한 약물이 투약되어야 할 때에는 식사시간이 하염없이 길어지고 만다.

준중환자실에 온 지 5일이 지난 박○○ 환자는 전적인 식사 보조를 필요로 했다. 기록을 보니 5일 동안 환자는 100그램 내외의 소량만 먹었다. 보호자는 서너 숟갈 뜨는 시늉을 하더니 "아휴, 난 이제 더는 못하겠네. 간호사 선생님 좀 부탁드려요"라며 간호사에게 떠넘기고 병실을 나가버렸다.

며칠 전 나이트 근무 때에도 환자를 보긴 했지만, 이렇게 식사보조를 하는 건 처음이었다. 다행히도 급한 일이 없었다. 나는 마치 보호자가 되는 듯 간이 의자 하나를 끌고 와 침대 옆에 자리를 잡았다. 그리곤 한 숟가락씩 조금씩 환자에게 한 입씩 떠 주었다. 어르고 달래며 식사 시간이 시작되었다.

환자는 의사표현을 할 수 없는 상태로, 정확하지는 않았지만 밥먹는 리듬이 있었다. 한 입을 먹었다가 다시 주면 입을 닫았고, 이때 물을 주면 한 모금 입에 물고 입을 헹군 뒤에, 다시 밥을 주면 또 한 입을 먹었다. 또 입을 닫았을 땐 반찬을 주었고 이후에 밥을 주고 또 입을 닫으면 물을 주었다.

20분이 지났을까. 환자는 병동에 온 지 처음으로(!) 밥 한 공기를 해치웠다. 그것도 730그램이나! 빈 식판을 본 보호자는 "아니, 정말 이렇게 한 그릇을 비운 게 맞나요? 이게 사실이에요?"라며 놀랐다. 앞의 다른 환자 보호자도 "이렇게 잘 먹였는데, 간호사에게도 먹을 거라도 사줘야 한다"라며 간호사가 어떻게 밥 한 끼를 다먹였는지에 대해 자세히 이야기하라고 했다. "아이고, 내가 별이라도 따주지!"라며 보호자는 나를 보며 반갑게 웃었다.

어떻게 간호사 마음이 보호자와 같을 수 있을까.

하지만 간호사는 보호자에게 어떻게 환자가 좀 더 불편하지 않을 수 있는지, 어떻게 더 잘 먹을 수 있게 할 수 있는지, 어떤 선택이 환자를 위한 선택인지 알려줄 수 있는 사람이면 좋겠다. 내가 한 공기의 밥을 다 먹일 수 있었던 것은 여유를 가지고 천천히 조금씩 주었기 때문 아닐까.

시원한 냉면
한 그릇 먹고 싶은 저녁

"제 손 치지 마세요. 그렇게 손등으로 사람 치시면 기분 나빠요."
나는 그녀의 행동이 타인을 얼마나 기분 상하게 하는지 최대한
감정을 자제하며 말했다. 목이 마르다는 말에 물을 떠다 주며 컵
을 건넸는데, 그녀는 손등으로 내 손을 치며 "아이고~ 뭐라고 씨
부리쌓노. 뭐, 아무것도 필요 없고 빨리 보내주소!"라고 내뱉었다.

몇 시간 동안 그녀는 이유 없이 화만 냈다. 처음 침상에 누울 때
부터 "아, 그러면 빨리하던가! 빨리 제대로 하라고! 전문가 불러
오라고!"라며 한 구역이 떠날 듯 소리를 질렀다. 이유는 없었다.
구역 내 있는 모두가 그녀가 왜 화를 내고 있는지 이해하지 못했
다. 혈액 배양 검사를 하러 온 응급실 의사에게 그녀는 "피검사를
왜 또 하느냐고!"라며 혼내듯 했다.
그녀에게 어떠한 설명이나 친절함도 소용이 없었다. 처음부터 끝
까지 모든 처방과 검사와 의료진의 행위에 화를 냈다. 걸쭉한 전
라도 사투리와 짜증 섞인 말투, 욕설과 사람을 툭툭 치는 듯한 행
동 때문에 나뿐만 아니라 응급실 내 모든 직원의 기분이 상했다.

그녀는 유방암 환자였다. 작년 말 진단을 받았지만, 암 덩어리는 폐와 늑막과 간, 뼈에 전이가 되어 수술조차 하지 못했다. 암 덩어리 때문에 폐에 물이 자꾸 찼다. 숨이 차고 기침이 나고 일상활동이 어려워지면 요양병원을 떠나 응급실을 찾는 것 같았다.

울산에서 올라오고 있다는 보호자는 몇 시간이 지나도 끝내 응급실에 나타나지 않았다. 그녀의 환자 정보에는 모친 전화번호밖에 없었다. 아마도 남편이나 자식이 없는 듯했다. 그녀가 60대임을 고려하면 모친은 아마 80세가 넘었을 거다. 나는 모친의 전화번호를 보며 연락을 해야 하나 말아야 하나 한참을 고민하다가 결국 하지 못했다.

"그런데, 저 사람은 왜 이렇게 화가 나 있는 거예요?"

그녀가 퇴원을 원한다는 소식을 주치의에게 전하니 주치의 또한 그녀가 왜 화가 나 있는지 궁금해했다.

"그러게요, 처음 올 때부터 저렇게 화가 나 있네요. 제대로 하고 있는데 제대로 하라고 하고, 빨리하고 있는데 빨리하라고 하고, 설명하고 있는데 그만 말하라고 하고……. 왜 저러는지 모르겠어요. 아무튼, 입원 안 하고 싶다고 빨리 퇴원시켜달래요."
주치의는 그녀 앞에 잠시 나타났다가 그녀와 이야기 나누지 않고
(위 연차와 상의 후) 퇴원 처방을 내고 응급실을 떠났다.

그녀는 원래 있었던 요양병원으로 돌아가길 원했다. 퇴원 처방이
나고 영상 복사와 의무기록 복사, 전원동의서, 응급의학과 교수
님 퇴실 확인 등 퇴실 절차를 기다리는 동안에도 "그딴 거 다 필
요 없다"며 화를 냈다. 용기도 없으면서 주사를 빼는 시늉을 한
다. 속이 타는 사람은 담당 간호사인 나뿐이었다.
보호자가 없는 퇴원, 스스로 거동이 불가능한 환자, 산소, 수납,
퇴실약, 앰뷸런스. 약국이 지하 2층에 있다는 말을 전하는 순간
환자의 표정이 얼었다.
"나 약국까지 못 가는데……."
갑자기 목소리가 작아졌다.
"약을 타러 갈 사람이 저밖에 없잖아요."
내가 이 말을 전하니, 순간 조용해졌다. 방금까지만 해도 화를 내
던 사람이었는데.

그녀의 CD를 찾으러 영상운영실에 두 번이나 갔다 와야 했다. 그녀를 휠체어에 앉히고, 산소를 연결하고, 원무과에서 수납을 도왔다. 삼십만이천팔십 원. 그녀는 옷 안쪽 어딘가에서 검은 봉지를 꺼내더니 꼬깃꼬깃 접힌 5만 원짜리 지폐 여섯 장을 꺼냈다. 또 다른 주머니에서 동전 주머니를 빼 천 원짜리 몇 개를 꺼냈다. 고개를 푹 숙인 채 돈을 세는 모습에서 '혹시 돈이 모자라면 어쩌나'라는 그녀의 걱정이 들리는 듯했다.

그녀의 계산을 돕고, 자리로 돌아가 산소를 연결하고, 지하 2층에서 약을 받아와 전달하기까지 그녀는 나와 눈을 마주치지 않았다. 대신 "앰뷸런스, 그거 산소, 그거 전화해줘"라며 2G폰과 내가 아까 전해준 앰뷸런스 전화번호를 나에게 전했다. 그렇게 퇴원 퇴원 소리를 질러 미리 전화하라고 준 전화번호였는데, 내가 약을 타가지고 올 때까지도 전화를 못 하고 있었다. 산소. 그 말이 뭔지. 그녀는 그 말이 어려웠나 보다.
"앰뷸런스 전화했고, 한 15분 있다가 온대요. 전 이제 가야 하니까 앰뷸런스 오면 가시면 돼요."

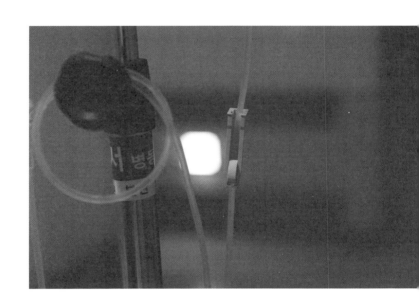

그녀는 내가 약국에 가기 전 앉혀 놓았던 그대로 휠체어에 앉아 간이침대에 올라가지도 않고, 간호사 스테이션에 등을 마주한 채로 앉아 있었다. 조용했다. 아무 말이 없었다. "수고했어"라든지, "고마워"라든가 같은 간지러운 언어는 그녀와 어울리지 않았다. 아무 말도 없이 앉아 있는 그녀의 모습이 낯설었다. 그녀의 퇴원을 돕느라 내 퇴근 시간이 30분 이상 늦어졌다. 시원한 냉면 한 그릇 먹고 싶은 저녁이다.

맞지 않는 일

나는 아직도
슬픔과 고통에 가득 찬
예민한 사람들을 마주하는 게 두렵다.
이 일이 나와 맞지 않는 것 같다.

간호란 무엇인가

TV에 나오는 여러 간호사는 어리바리하고, 야하고, 사담이 많고, 수용적인 존재였다.

2015년 할로윈데이에 소녀시대의 티파니는 야하고 섹시한 빨간 간호사복을 입고 각종 매체에 나타났고, 2015년 드라마 〈용팔이〉에 나온 '황 간호사'는 집착과 정신이상으로 결국 자살을 했다. 그 외에도 TV에 나오는 간호사 스테이션은 소문의 온상이 되었다.

나는 일생을 의롭게 살며, 간호 전문직으로 최선을 다할 것을 선서했지만 사람들이 바라보는 간호사는 혈압 재고, 주사 놓고, 투약 외에는 하는 일이 없다 하였고, 교과서에서 보던 과학, 기술, 예술적인 '간호'는 실무에서 생각하기엔 너무 추상적이고 복잡한 단어로 느껴졌다.

매번 '2년제 간호 학제 신설'에 관한 기사가 올라왔고, 대한간호학회나 건수간('국민건강권 수호를 위한 전국 간호사 모임'의 줄임말)등 각종 협회에서는 메일이 날아오긴 했으나 서로 의견이 달라 오히려 더 혼란스러웠다.

여전히 전문간호사는 제도만 있을 뿐 법적인 보호를 받지 못하는 애매한 위치에 있었고, 현장에서 일하는 간호사들은 몇백 원 내지는 몇천 원 수준의 수가를 받으며 땀 흘리며 뛰고 있었다.

시간이 지나고 경력이 쌓여도 일은 줄어들 기미가 없다. 전공의가 줄었고(내년에도 전공의가 줄 것이고), 대학병원 다인실의 경우는 지방병원의 중환자실 못지않은 중증도를 나타냈고 드라마에서나 볼 듯한 수용적이기만 했던 환자들은 온데간데없고 '고객님'이 되어 각종 권리를 주장하며 질문을 해서 제대로 대답하지 못한 간호사는 무시를 당하기 일쑤다.

각종 기술의 발달로 수술을 받는 노인은 갈수록 많아지고, 그만큼 만성질환을 가진 환자분들이 많아졌으며, 외과라 할지라도 내과적인 처치 및 중재를 받는 경우가 많아졌다. 예를 들면, 신장 이식을 받고 각종 혈액 수치가 비정상이면서 폐암 과거력으로 호흡 곤란 정도가 심해 산소를 투여 중인 환자도 개두술을 받았다. 또 수술 이후에 이루어지는 처치들이 각종 신부전, 면역억제제, 항생제, 산소요법 중재, 호흡기계 중재 등이 요구되면서, 단순히 신경외과 간호사가 아니라 인간의 질병에 대해 전반적인 이해를 요구하는 전문지식을 갖춘 간호사를 원했다. 이 외에도 각종 모니터링 기계나 드레싱 재료, 약 등은 훨씬 더 빠르게 발전하고 있다. 외과 병동의 주말이라 하더라도 빈자리를 찾기 어려울 정도이고 새벽에도 응급수술이 열리는 날이 부지기수다.

병원에서는 근거 중심의 실무를 앞세워 각종 연구팀을 꾸려 끊임없이 연구하고 있고, 한 가지 질병이라 하더라도 다양한 분야의 직종이 함께 협의 체제(팀)를 꾸려 환자를 보는 시스템으로 변화하고 있다.

현실과 현실 사이. 그 사이에서 나는 '과연 간호란 무엇인가', '간호사란 무엇인가'라는 의문을 끊임없이 되뇌며 '간호전문직'으로의 실습을 처음 시작했고 오늘에서야 그 막을 내렸다.

간호는 무엇인가. 현재 다수 간호학자들의 간호학에 대한 공통된 의견을 취합하면, 간호학은 대상자의 건강 증진을 위해 간호라는 술기로 환경과 상호작용하여 인간 삶을 높이기 위한 학문이라고 할 수 있다. 간호의 메타 페러다임은 인간, 환경, 건강, 간호다.

하지만 이러한 고정적인 개념을 간호학에 담아도 간호학이 학문으로서 합의된 정의를 찾기 어려운 이유는, 환경도 인간도 그리고 건강에 관한 정의도 시대의 흐름에 따라 변화하기 때문이다. 이에 상황이나 시대에 따라 건강을 유지, 증진하고 질병으로부터 회복하도록 하는 직접적인 간호를 제공하는 간호 실무 또한 늘 변화무쌍할 수밖에 없다.

이러한 질문과 답을 스스로 주고받으며 실무에서 전문가로 일하는 여러 간호사 선생님들의 모습을 보자니 여러 악조건 속에서도 그들 나름대로 입지를 굳건히 하기 위한 에너지가, 열정이, 그리고 신념과 자부심이 나를 더 톺아보게 한다.

간호사가 더 나은 간호사가 될 수 있음을 알 수 있었던 시간.

미래에는 지금보다 더 훌륭한 간호사가 많아질 것이라는 기대를 하는 순간들.

간호의 미래를 같이 고민하며 서로의 역할을 격려하는 위로들.

또한, 그들이 지나가듯 던지는 말 한마디는 나를 더 간호사답게
만들어주는 조언이 되었다.

- 간호사는 의사의 편이 아닌 환자의 편이어야 한다.
- 업무를 결정할 때도 가장 우선적인 질문은 '과연 이 일이 환자
  를 위한 것인가'다.
- 전문간호사는 간호사의 정체성에 대해 생각해볼 필요가 있다(
  의사인 척하는 사람이 되지 말 것).
- 호기심을 잃지 말 것. 연구를 포기하지 말 것. 새로운 시도를 거
  부하지 말 것.

실습의 막바지에서 나는 또 다른 질문을 해본다.
나는 앞으로 어떤 간호사가 되어야 하는가에 대해.

고통이 모이고 모여

세상의 온 고통이 모여 있는 듯하다.

신음 소리, 울음소리, 그리고 한숨 소리가 가득한 이곳에서의 시간이 벌써 두어 달이 되어간다.

이곳은 세상과의 단절된 공간. 누구 하나 뉴스 얘기, 세상 얘기, 또는 흔하디흔한 VIP 스토리를 꺼내지 않는 이곳은 얼굴을 찌푸리며 본인의 통증만을 호소하는 제3세계와 같다.

밤중에는 편히 잠드는 사람이 거의 없고, 낮에는 편히 밥을 먹는 사람이 거의 없는 곳.

삶의 질에 관한 이야기조차 조심스러운 그런 삶이 존재하는 곳.

피를 토하고, 심장이 고장 나고, 숨을 쉴 수 없고, 고통이 가득한 세상. 그곳이 마치 여기일 것만 같다. 드라마에서 봤던 역동적이고 도전이 가득한 공간은 잔인하고도 참혹하다.

이런 인생들을 만나고 집에 가면 나는 쉬고, 쉬고 또 쉬고, 아무 것도 안 하고, 아무것도 안 먹고, 아무것도 하지 않으며, 아무쪼록 쉬기만 한다. 그래야만 내일을 마주할 수 있을 것 같다.

그렇게 오늘도 잠만 느는 것 같다.

바람을 바람

늘 바람이 '휑' 하고 들어오는 높은 곳에서 살고 싶어요. 바람의 정도는 촛불을 켜면 꺼질 정도로 적당한 흐름이 있고 손끝에 시원함이 느껴질 정도면 좋겠군요.

어제와 다른 공기를 마시고 싶어요. 어제와 다른 공기는 제 콧구멍에서부터 기관지와 폐포를 지나 세포 안에까지 도달해 어제의 공기를 정화해주겠죠. 그렇게 어제의 나와 오늘의 나는 세포부터 달라져 있는 거예요. 트랜스포머 같은 거죠.

그렇게 새롭게 태어나는 날에는 아마 종일 하늘을 보고 있는 거예요. 거실 바닥에 누워 '하늘에 빠지면 어떻게 하나'라는 쓸데없는 걱정이나 하면서 말이죠.

하늘은 높고, 나는 그런 하늘과 가까이 있고, 바람은 시원하고, 나는 항해하고, 어제의 나는 없고, 쓸데없는 걱정만 남아 있는 그런 거.

언제까지 이 일기는
계속될 수 있을까

"병간호 5년이면 공자고, 10년이면 부처다"라는 말을 듣고 있자
니, 마치 내가 부처가 되어가는 듯한 느낌이다.

이 일기는 언제까지 계속될 수 있을까.
가슴에 사리가 쌓인다.

2장

벗어나지 못하는 사람

나이트 근무의 풍경

나이트 근무 중 가장 어려운 건 환자를 깨우는 일이다. 나이트 근무는 밤 11시부터 시작하기 때문에 아무리 일을 빨리 시작한다고 해도 환자 상태를 보는 라운딩을 자정에 돌게 된다. 신경외과 병동의 특성상 혈압을 재면서도 머리가 아픈지 그리고 의식변화가 있는지 또는 다리나 팔에 힘이 떨어지거나 상처 부위가 깨끗한지 봐주어야 한다. 문제는 이 모든 것을 하기 위해서는 환자를 깨워야 한다는 것이다.

환자 상태를 보기 위해 어쩔 수 없이 깨우는 것이지만 대부분의 환자나 보호자는 잠이 깬 것에 대해 짜증을 내기도 하고 화를 내기도 한다. 그러면 나는 또 쭈뼛하면서 병실을 나오고 만다. 잘못한 일도 아닌데 본의 아니게 미안하다.

특히 밤이 긴 겨울에는 식전 혈당을 측정하는 이른 아침에도 아직 밖에 어둡다. 대부분의 환자들이 늦게까지 자고 있지만, 혈당을 재려면 모조리 깨워야 한다. 그때가 제일 미안하다.

오늘도 몇몇 보호자와 환자분이 깨기는 했지만, 대부분의 환자들이 잘 자고 있어 고맙다.

간호사들은 밤을 새고 있다.

나이트 근무하는 동안에는 간호사들은 몇 초도 잠을 잘 수가 없다.

현재 새벽 4시. 나는 3잔의 커피를 마셨다.

간호사실의 불이 밝다.

매일 강해지는 여자

150센티미터가량의 키, 40킬로그램 정도의 몸무게, 새하얀 피부, 질끈 묶은 곱슬머리, 짙은 쌍꺼풀과 빨간 립스틱. 그녀의 손등에는 시퍼런 핏줄이 선명했다. 하이톤의 목소리는 그녀를 더 선명하게 만들었다. 남편을 24시간 간병하면서도 그녀는 흐릿해지지 않았다. 화를 내거나 짜증을 내는 경우는 없었지만 본인의 권리에 대해 당당하게 요구했고, 웃음은 적었지만 힘든 내색 하나 보이지 않았다. 환자의 몸무게는 100킬로그램이 넘었고, 욕창이 있었고, 한두 시간마다 소변을 보는 빈뇨가 있었다. 햇빛이 보이지 않은 침대에서 얼마나 누워 있었을까. 그의 피부색이 햇빛을 담지 않은 백지 같다.

오늘도 몇 번이나 시트를 교환했다. 소변 마렵다고 하는 즉시 소변기를 대주어도 타이밍 맞추기가 쉽지 않나 보다. 소변이 시트에 묻어 혹시 욕창이 심해질까, 보호자는 오늘도 손에 소변기를 잡고 환자 침대 난간에 기대 선잠을 자고 있다.
욕창이 심해 나도 자세 변경을 도와야 했는데 보조원과 나, 그녀이렇게 세 명이 함께 힘을 합쳐도 버거웠다. 나는 한 번만 해도 팔과 허리가 아팠는데 그녀는 하루에 몇 번씩 해도 힘든 내색 하나 보이지 않았다.

오늘 밤에도 그 병실의 콜벨 소리가 울린다. 보조원과 나는 시트를 챙겨 병실 문을 살포시 연다. 이내 들리는 부부의 대화.
"(보호자에게) 자기야 미안해……."
"아니야……."
"미안해……."
"아니야……."
나는 차마 커튼 안으로 들어갈 수가 없다. 조금 기다려 서로의 미안함이 멈췄을 때가 되어서야 노크를 했다. 그녀는 오늘도 잠을 잘 수가 없다.

다른 병실에 들어갔다 나왔는데, 그녀가 밖에 나와 한참을 병실 문에 기대 있다.
"보호자 분이 이렇게 마르셔서 힘드시겠어요."
그녀에게 한마디 건넨다. 갑자기 그녀가 운다. 손의 파란 핏줄이 그녀의 얼굴을 감싼다.

"전 괜찮아요. 전 괜찮은데……. 그이 앞에서는 힘든 모습 안 보이고 싶어요."

그녀는 황급히 눈물을 훔치고 병실로 들어간다. 그녀는 오늘도 강해지고 있었다.

어렴풋이

준비실에서 약을 준비하는 후배 간호사의 혼잣말이 어렴풋이 들린다.

"울면 안 돼. 울면 안 돼. 울면 안 돼······."

내일 꼭 봬요

할머니를 담당한 지도 1주일이 지났다. 할머니의 컨디션은 날이 갈수록 안 좋아졌다.

오늘 할머니는 내가 출근해서 퇴근할 때까지 잠들어 계셨다. 깨우면 무거운 눈꺼풀을 반쯤 뜨고는 "아이고 이쁜이"라고 말하고 또 잠들어버리셨다.

"할머니, 할머니, 눈 좀 떠보세요. 이렇게 주무시기만 하니까 할머니 안 같아요. 빨리 눈떠서 일본 노래도 부르고 소리도 지르고 그러셔야죠."

이틀 전까지 나를 정말 힘들게 하셨는데, 오늘은 순한 양처럼 잠만 자고 있는 모습을 보니 마음 한편이 무겁다. 차라리 이전처럼 소리를 지르고 욕도 하고, 몸을 사부작거리며 각종 줄을 빼고 침대 밖으로 나가려고 해서 내 신경을 곤두서게 했던 때가 그리웠다.

할머니는 힘겹게 눈을 뜨면서 나에게 말했다.

"나 너무 힘들어⋯⋯. 너무 아파⋯⋯. 나 죽을 것 같아⋯⋯."

물 한 모금을 넘기지 못한 할머니는 마른 혀를 드러내 보이셨고, 틀니까지 빼 발음도 정확하지 않은 몇 말씀을 하시며 내 손을 잡았다. 할머니의 손은 계속되는 수액 주입으로 4일 사이에 4킬로그램이나 찐 몸무게만큼 퉁퉁 부어 있었다. 뭉뚝하고 굳은살이 박인 손끝에서 인생이 묻어났다. 그러곤 내 손등에 까실한 손바닥을 얹으시더니 내 손을 당신 얼굴에 댄 채 또 잠드셨다.
갑자기 눈물이 핑 돌았다.

"할머니 내일 꼭 봬요. 저 내일도 근무거든요."
이렇게 말하고 병실을 나오는데, 혹시 내가 울고 있는 건 아닌지, 그 모습을 누가 보는 건 아닌가 싶어 나는 주위를 둘러보지도 않고 곧장 탈의실로 향했다.

별다른 기쁨이 없는 밤이 흐르고

한숨 고르고 나니, 1월의 중반이 지나가고 있다. 기말고사를 마치고, 종합시험을 치르고, 미루고 미루던 집안일 몇 가지를 하고, 친구 몇 명을 만나고 나니 삶의 속도가 좀 더 빨라진 느낌이다.

새해 계획조차 세우지 못했는데. 반복되는 나날은 세월의 흐름조차 잊게 하는 것만 같다.

책을 읽어야지. 운동을 해야지. 문화생활을 즐겨야지. 그동안 연락하지 못했던 친구들에게 연락해야지…….

책상에 앉아 했던 다짐들은 책상을 떠남과 동시에 잊혀버렸다. 흘러가버린 나날이 놀라워 달력을 몇 번이고 다시 살펴본다. 여유로운 삶을 보내면 여유로운 마음을 가질 줄만 알았는데, 그렇지도 않다는 걸 또 알아버린 셈이다.

오늘 나이트 근무의 첫 라운딩. 자정이 가까운 시간에 환자들의 상태를 보고, 활력징후를 측정하기 위해 나는 병실을 돈다.

어두컴컴한 6인실의 병실에는 웬일인지 불 켜진 자리가 한 곳도 없다.

처음 방문한 환자는 38세의 젊은 여자. 새하얀 얼굴에 쌍꺼풀이 없는 그녀는 마치 어린아이와 같다. 출근하며 탈의실 앞에서도 마주쳤다. 그녀는 늘 마주칠 때마다 웃으면서 나에게 "이쁜 언니"라고 인사를 먼저 전한다. "이따가 봬요"라고 전하고 난 후의첫 만남.

"잠시 불 좀 켤게요"라고 말하며 조용히 독서등을 켠다. 황급히눈을 가리는 그녀의 손에는 휴지 몇 조각이 구겨진 채 쥐어 있다. 가녀린 팔에 미처 가리지 못한 눈덩이가 붉다. 보호자가 잠든 사이 어둠 속에서 혼자 삭이던 눈물을 들킨 모양이다. 갑작스러운진단과 더불어 앞으로의 항암치료들이 그녀를 버겁게 한 것일까. 나는 눈을 가린 그녀의 반대쪽 팔에 조심히 커프를 감아 혈압을측정하고는 모른 척 황급히 불을 꺼준다. 환자의 자리를 떠나며따뜻한 손으로 그녀의 손을 잡아주고 싶었는데. 그녀의 손을 잡는 내 손이 너무 차가워서 미안했다.

다른 침상의 환자. 어제만 해도 간병인이 옆에 계셨는데 오늘은남편이 자리를 지키고 있다. 패혈증 위험이 있어 항생제 치료 중이고, 폐혈전색전증이 있는 그녀는 지병 악화로 호스피스 병원으로 전원 예정이다. 아마 주말이라 남편이 곁에 계신 것 같다.

불을 조심히 켜고, 갑작스러운 상태 변화를 잘 봐야 해서 유난히 더 소리 내어 그녀를 깨운다. 간신히 신음 소리를 내며 잠을 깬 그녀는 팔을 들어올리지 못한다. 이상하다. 팔을 들어올리는 정도는 되었는데……. 몇 번이고 더 깨우고 두드리고 동공 반응을 보면서도 그녀는 팔을 움직일 생각을 하지 않는다. 옆에 남편은 그녀를 지켜보며 당황한 기색이 없었고, 그저 조용히 그녀의 등에 받힌 자세변경용 베개를 빼준다.

"죄송해요. 팔이 갑자기 안 움직이시는 것 같아서……. 조금 아프게 해서라도 팔 움직이는 것 좀 볼게요."

나는 그녀의 손가락 끝을 세게 눌러본다. 그녀의 눈망울이 금방 붉어지고 눈에 눈물이 고인다. 나는 더 환자를 아프게 하는 것을 포기하고 만다. "금방 다시 올게요. 갑자기 깨워서 죄송해요"라고 말하며 나는 자리를 떴다.

5분 후 돌아와보니 그녀의 눈에는 이전보다 더 눈물이 차 있었고 다행히도 왼쪽 팔은 이전과 같이 들고 계셨다. 괜스레 더 미안해지는 마음이다.

다른 환자. 열여덟 살 소년의 낯이 익다. 그는 더 어린 동생과 입
원 수속을 했는데, 그러고 보니 22일 만에 나오는 재상봉이다. 다
른 가족과는 다르게 동생이 주 보호자로 있었는데 부모님이 가게
를 두 개나 운영해 옆에 있을 수가 없다고 했고, 형 동생 사이가
아주 좋아 보여서 기억이 난다. 괜스레 반갑다.
그에게 몇 가지 질문을 하고 활력징후를 확인한 후 떠나려는데
동생이 말을 전한다.
"머리 자르셨네요. 이전보다 훨씬 더 잘 어울리세요."
형제는 괜스레 안부 아닌 안부를 전하며 손에 치킨 봉투를 들고
휴게실로 떠났다.

십자가를 베개 밑에 놓고 자는 이.
계속 자는 와중(기면 상태)에도 잠깐잠깐 깰 때마다 자신의 심박
동 수를 물어보는 이.
15년 전부터 뇌종양인 아들을 데리고 이리저리 병원을 떠돌다

니고 있는 아버지.
환자복을 입고 누워 있는 아버지의 얼굴에 팩을 해주는 딸들.
오늘도 겨울 안에서 더욱 빛나는 열네 명의 삶과 마주쳤다.

이렇게 오늘도 별다른 기쁨이 없는 밤이 흐르고 있다.

언제쯤 이 순간이 추억이 될까요

집을 떠나는 발걸음이 무겁다. 먹을 것 하나 없는 부엌을 뒤적거리다 결국 요깃거리를 찾지 못하고 나는 평상시보다 일찍 밖으로 나서 편의점에 들렀다. 즉석식품을 둘러보다 영 끌리지 않아 초콜릿우유를 하나 집어 들었다. 눈에 들어오는 음식이 없는 건 아마 오늘 아침에도 편의점 음식으로 끼니를 때워서일 거다.

평상시보다 사람이 적은 거리, 불 꺼진 아파트, 사람을 가득 태우고 지나가는 고속버스, 분홍 보따리 하나 짊어지고 가는 할머니, 캐리어를 끌고 가는 젊은이들. 생각보다 명절의 거리 풍경은 한산하다. 두툼한 옷을 입었음에도, 괜스레 몸이 웅크러지는 건 기분 탓이겠지.

3호선 지하철 안에는 빈자리가 대부분이다. 연이은 빈자리 중 한 자리에 앉아 주위를 둘러보니 장바구니를 들고 있는 아주머니가 보인다. (아, 엄마 보고 싶다) 초콜릿우유 한 모금을 넘기며 그렇게 추석 연휴 첫날 나의 출근길은 시작된다. 달달한 초콜릿우유가 쓰다.

출근하자마자, 13개월 동안 누워 계셨던 할머니 이름표가 없어진 것을 알았다. 깊은 주름살, 왜소한 체구, 큰 손과 굳은살이 우리 할머니를 떠올리게 했고, 혼자 누워계신 모습을 보며 괜히 더 마음이 쓰이곤 했다. 어제 내가 할머니의 머리를 감겨드리고, 목욕을 시켜드렸는데. 그래도 참 다행이다. 깨끗하게 가실 수 있게 해드린 것 같아 한편으로는 마음의 위안이 된다.

갑작스러운 소식에 놀라 눈물이 났고, 보호자에게 마지막 인사를 하면서 결국 또 나는 눈물을 참지 못했다. 오히려 보호자 분이 무덤덤한 말투로 감사했다며 나를 위로해준다. 할머니 가시는 길에 엘리베이터 앞에서 고개 숙여 작별인사를 했다. 가족이 유독 그리운 날이다.

2015년 추석 연휴의 첫날.
언제쯤 나는 이 순간을 추억할 수 있을까.

슈퍼 블러드 문이 뜬 밤에

만월이 뜨니, 그 빛이 가로수 빛 못지않다. 한밤중임에도 등 뒤로 누군가가 바라보는 것만 같아 자꾸 창밖 너머를 보게 된다. 18년 만에 가장 큰 보름달이라고 했고, 세계 곳곳에선 핏빛의 '슈퍼 블러드 문'이 보이기도 했단다.

준중환자실 내의 병실 불은 모두 꺼져 있어 창밖으로 보이는 달빛이 병실을 더 환히 비추었다. 병실 내에서 빛은 모니터의 흰 바탕화면뿐. 나는 컴퓨터 앞에 앉아 그 화면만 멍하니 바라보고 있다.

네 개의 침상 중에 할머니의 빈자리를 더해져, 현재 내가 보고 있는 환자는 두 명이다. 어느 날보다 할머니의 침상이 허전하게 느껴진다. 남은 환자 중 한 분이 유독 잠을 이루지 못한다. 경추 1~2번의 배아세포종으로 위험을 감수하고 본인이 원해 수술을 했지만, 결국 사지 마비와 자발 호흡 실패로 인공호흡기를 떼지 못했다.

내가 그분을 돌보면서 가장 어려운 점은 말을 알아들을 수가 없다는 거다. 목소리 없이 입만 벙긋거리는 모양으로 환자의 말을 알아듣기도 어려운데 더군다나 작은 입과 얇은 입술을 가진 그분의 말은 도저히 알아들을 수가 없었다.

며칠 동안 그분을 담당하며 말을 알아듣기 위해 애를 썼다. 입 모양을 바라보며 열심히 추측을 해보았지만 늘 의도를 벗어나기 일쑤였다. 깨어 있는 그분을 보며 오늘도 그의 말을 알아듣기 위해 옆으로 다가간다.

그는 울고 있었다. 어둠 속에서도 눈가의 맺힌 눈물과 눈덩이의 붉은 붓기가 보인다. 그러고 보니 그는 어젯밤도, 그제 밤도 이렇게 울고 있었다. 나는 어제도 그제도 '수술 후 사지 마비로 인한 우울함 내지는 후회가 아닐까'라고 생각했고, 그저 흐르는 눈물을 조용히 닦아주었다.

오늘도 물티슈 하나를 꺼내 들어 조용히 눈물을 닦아준다. 그는 그런 나를 보더니 하고 싶은 말이 있는지 무엇인가를 중얼거린다. 뭔가 중요한 말 같다. 왠지 무슨 말인지 꼭 듣고 싶다.

몇 분 동안 그의 입 모양을 바라보아도 오늘도 역시 알아들을 수가 없었다. 나는 보조원을 불러 같이 환자의 입술을 보기 시작했다.

"동해물과 백두산이 마르고 닳도록 하느님이 보우하사 우리나라 만세……."

그는 애국가를 부르고 있었다. 보조원은 체위를 마친 후에 병실을 나갔다. 준중환자실 안에는 나와 그분과 장님 환자뿐이다.

"왜 애국가를 부르고 있어요?"라고 나는 묻는다. 같은 단어를 반복하는 다른 입 모양이 보인다.

"가래?" 아니다.

"얼음?" 아니다.

"엄마?" 아니다.

…….

"귀신? 귀신!"

맞다. 귀신이다. 그의 입 모양이 보인다.

"한 명이 아니라 여러 명이에요."

"내 옆에 누워 있어요."

"저기에도 있어요."

…….

등골이 오싹하다. 간담이 서늘하다. 갑자기 한기가 느껴지는 것만 같다. 할머니가 세상을 뜨신 뒤 옆자리는 비어 있었고, 병실은 어두웠고, 밖에는 만월이 비추고 있었다.

"무서워서 울고 있었던 거예요?"라고 물어보니 그는 눈을 크게 뜨고 몇 번이고 강하게 고개를 끄덕인다.

"내 눈에는 하나도 안 보이는데, 설마 보인다고 해도 그건 가짜예요. 환시랄까. 그리고 설마 그런 게 있다고 해도 해치지 않을 거예요."

나는 병실의 모든 불을 켜고, 음악을 최대 음량으로 틀고 해가 뜰 때까지 그와 빈 침상과 병실을 지켰다.

그렇게 한가위의 밤은 지나가고 있었다.

빈다, 행복하길 바라면서

- 치료 및 경과 요약 : 입원하여 뇌압조절(ICP control) 진행하였음. low dose TMZ or avastin(항암제) 치료에 대해 설명했으나 보호자 보존적 치료 및 연고지 병원으로 전원 원하여 퇴원 진행하기로 함.
- 치료 결과 : 가망 없는 퇴원.

그녀는 퇴원하기 직전, 내 얼굴을 보고 싶었는지 가녀린 손을 들어 마주한 내 얼굴의 마스크를 내렸다. 그러곤 한참을 또렷하게 내 얼굴을 쳐다보고 뭔가 할 말이 있는 것처럼 바라보았다.

"이제 집에 가신대요"라고 나는 그녀에게 애써 웃음 지으며 말을 건넸지만, 그녀는 웃지도 울지도 찡그리지도 미소 짓지도 않았다.

무슨 말을 할듯 입을 벙긋하더니, 결국 아무 목소리를 내지 않았다. 그렇게 우리의 대화는 끝났다.

옆의 남편과 아들은 담담하고 덤덤한 표정이었다. 퇴원이 진행되고 아들에게 "예약된 대로 한 달 뒤에 외래에 오시면 됩니다"라고 말하니, 잠시 침묵.

아들은 아까보다 조금 슬픈 표정을 지으며 "외래는 꼭 와야 하나요?"라고 나에게 되묻는다. 나는 "환자와 보호자분이 원치 않으면 안 오셔도 되긴 하는데……"라고 대답을 했다.

그녀는 일상복으로 탈의했고 그렇게 나는 그녀와 그 가족과 이별했다. 병원에서의 시간보다 행복하길 바라면서 숙연하게.

병동으로 온 편지

14서 병동 선생님들께

오랜 투병 기간 동안 선생님들의 수고와 위로가 저희 가족과 환자에게 얼마나 큰 도움이 되었는지 그 감사함을 말로 다 전할 수 없을 것 같습니다. 선생님들의 세심하고 정성스러운 간호 덕분에 저와 아이들이 아빠와 더 많은 시간을 보낼 수 있었기에 정말 감사드립니다.

가족과 같은 마음으로 걱정해주시고 위로해주셨던 그 마음도 잊지 못할 것입니다. 그 고마운 마음을 잊지 않고 기억하면서 14서 병동 선생님들의 건강과 행복을 위해 기도드리겠습니다. 저희 가족에게 가장 힘들었던 시간을 함께 해주셔서 진심으로 감사드립니다. 모두 행복하세요.

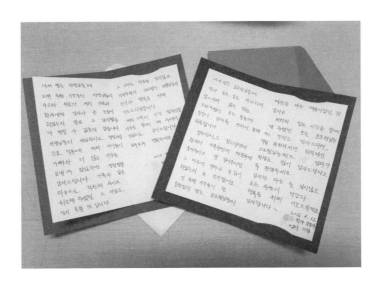

#14 서 병동 보조원님들께

항상 궂은일도 마다하지 않으시며 밝은 얼굴로 도와주셨던 모든 분께 일일이 감사를 전하지 못해 죄송합니다. 업무만으로도 힘드실 텐데 환자와 가족들에게 따뜻하게 웃어주시고 말 걸어주시던 그 마음이 얼마나 큰 힘이 되었는지 늘 감사했어요. 긴 투병 시간이 덜 힘들었던 것도 보조원님들의 따뜻한 마음 때문이었던 것 같아요.

저희와 힘든 시간을 함께 해주셨던 모든 보조원님께 정말로 감사드리며, 직접 못 전하지만 퇴직하신 보조원님들께도 ○○엄마가 정말로 많이 감사드린다고 꼭 전해주세요. 감사한 마음 늘 잊지 않고 모든 분의 건강과 행복을 위해 기도드릴게요. 감사합니다.

아무것도 모르는 척

전직 간호사였던 환자가 저등급성 신경교종 의심 하에 뇌종양으로 입원했다. 아침 첫 수술을 기다리고 있는 사이. 환자는 아침 일찍 일어나 보호자도 깨우지 않고 슬그머니 병실 밖으로 나와 휴게실에서 잡지를 펼쳐보고 있다. 과연 그녀는 잡지를 보고 있었을까.

나는 그녀의 옆을 지나가며 인기척을 내본다. 그녀는 커다랗고 요란한 잡지를 몇 페이지 넘기며 나에게 조심스러운 말투로 질문을 한다.

"…… 제가 하는 수술이 큰 수술인가요?"

"글쎄요……."

잠시 나는 머뭇거린다. 이런 순간 어떻게 말해야 할지, 아직도 말문이 막힌다. 신규 간호사인 척, 아무것도 모르는 척, 그렇게 머뭇거리며 "제 생각엔……. 머리 수술은 다 큰 수술 아닌가요……?" 라고 말하고 만다.

"그렇겠죠……."

그녀는 잡지를 뒤적거리며 혼잣말을 했다.

철인의 수면시간

일요일인데도, 오늘 인턴은 3시 30분에 자러 들어갔다. 오후 내내 응급수술 때문에 아침밖에 못 먹었다고 했다. 그리고 동맥혈가스분석과 수술예정 환자의 준비와 잡다한 새벽 근무를 하기 위해서는 5시 30분에 일어나야 한다. 오늘 그녀의 최대 수면시간은 2시간이다.

오늘 주치의는 새벽 2시 30분까지 응급한 일을 끝낸 후 입원한 환자를 보러 왔다. 전일 다섯 시에 처방 낸 요추 천자 검사를 새벽 3시에 시행했다. (이후에도 그의 일이 모두 끝났는지는 확실하지 않다.) 수술실에서는 응급실로 입원한 환자가 수술 중이다. 새벽 6시가 되면 병동에서 환자 노티를 위한 전화가 올 것이다. 오늘 그의 최대 수면시간은 3시간이다.

그(또는 그녀)는 철인이 아닐까 싶다.
때로 그들을 볼 때면 안쓰러움이 묻어난다.

* '전공의의 수련환경 개선 및 지위 향상을 위한 법률'이 제정되기 전에 쓴 글임.

굳은살

손을 보니 느껴진다. 젊은 날의 고생들이. 손톱 밑에서 손바닥까지 두껍게 쌓인 그 굳은살들이.

뇌 수술 후 반 혼수상태가 된 할머니의 손은 할머니의 지난 세월을 보여주는 듯하다. 혼자서 딸과 아들을 키웠을 나날들. 할머니는 농사일을 하신 걸까. 아니면 무거운 짐을 들고 다니는 일을 하셨을까. 아니면 머리에 지고 무엇을 손에 쥐고 오래 서 있는 일을 몇십 년 동안이나 하셨을 것 같다.

발이야 두말할 것 없다. 발가락 사이사이, 뒤꿈치 모두 손과는 비교가 안 될 정도의 굳은살이 박인 것을 보니 오히려 지금 누워 계신 게 편해 보이기까지 하다.

수술 후 오늘까지 할머니의 굳은살은 쓸모가 없었고 점차 그 묵은 한과 같은 굳은살들이 올라오기 시작한다. 조금씩 손과 발에서 떨어져나가고 보드라운 손의 촉감이 굳은살 사이로 느껴진다. 굳은살은 마치 각질과 같아서 벗겨도 벗겨도 없어지지 않고 오히려 흉물스럽게 보이기까지 한다.

딸과 아들은 자주 찾아오지 않았지만, 올 때마다 그저 인사만 하고 갈 뿐. 할머니는 오롯이 본인의 굳은살들을 스스로 벗겨내고 있었다. 그 모습이 안쓰러워 따뜻한 물을 한 바가지 가지고 와 두 손과 두 발을 물로 씻었다. 비누로 거품을 내어 물에 담가 굳은살들을 조금 더 쉽게 벗겨냈다. 수건으로 닦고, 로션을 발라주었다. 누워 계신 동안 길어진 손톱을 잘라주었다.

어쩌면 할머니는 꿈을 꾸고 있는 게 아닐까. 그동안 할머니의 고생들이 씻겨 내려가는 듯하다. 조금은 위로가 된다.

느지막이 일이 끝나고 꼬르륵하는 소리에, 배가 고파 남아 있던 케익을 먹었다. 한 조각을 다 먹고서도 허기가 가시지 않았다. '왜 이렇게 배가 고프지?'라고 생각해보니 내가 점심을 먹지 못하고 일을 했다는 사실이 떠올랐다. 아, 내가 밥도 못 먹고 일하고 있었구나.

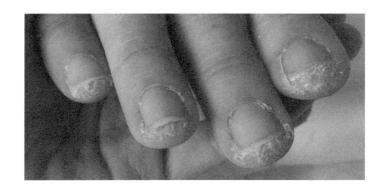

그녀가 지나간 곳마다
핏방울이 흐르고

한가위 새벽 5시.

보름달은 어느 때보다 밝게 빛나고

전화 소리도, 콜벨 소리도 없이 그저 조심스러운 발자국 소리만

이 존재하는 시간.

빛이라곤 화장실에서 새어나오는 주황색 불빛뿐.

그 어스름한 불빛 사이로 그림자 하나가 움직이기 시작했다.

그녀가 지나가는 자리마다 핏방울이 흐르기 시작했다. 사람들은

불안에 떨었으며 새벽에 갑자기 깬 사람들은 잠을 이루지 못했

다.

그렇게 사람들 사이에 흡혈귀가 나타났다는 소문이 돌기 시작하

는데 …….

(연휴 때 또 나이트 근무다. 연휴에 병동 채혈은 모두 나이트 간호

사가 담당한다.)

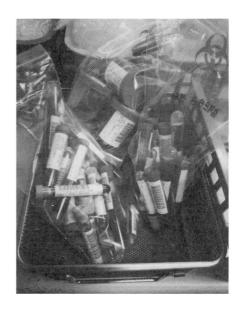

새벽 2시 30분의 감사

새벽 2시 30분.

주치의가 환자를 보러 병동으로 올라왔다. 밖은 열대야로 요란한 날씨임에도 그는 긴팔 옷을 입고 있다. 며칠 동안 잠을 자지 못해 입안이 헐어 밥도 제대로 먹지 못했다는 그는 오늘도 밤을 새나 보다.

오늘은 얼마나 힘든 하루를 보냈을까 싶게 지친 모습. 말할 기운이 없어 보이는 목소리와 점점 야위어가는 듯 지친 발걸음. 그리고 내일도 오늘과 같이 고된 하루일 것 같은 느낌.

그럼에도, 새벽 한가운데 환자를 보러와준 그가 참 고맙다.

오늘만 울게요

교통사고로 인한 척추손상(spinal cord injury (C3-4)). 남자/47. 의식은 명료하지만 사지마비 상태. Gr 0. 느낌조차 없다.

회진 시 교수님은 "MRI 상에서 신경이 있어야 할 자리가 뻥 뚫려 있다. 현재의 교과서적인 치료는 없지만, 타 병원에서 연구 중인 줄기세포 치료를 받아볼 수는 있을 것이다. 아직 연구 중이라 효과를 정확히 말하긴 어렵다"라고 환자와 보호자에게 말했다.

그날도, 다음 날도, 그리고 그다음 날도 환자는 "오늘만 울게요"라고 하며 며칠을 울었고, 그 모습을 보는 아내도 등을 돌려 눈물을 훔쳤다. 오랜만에 아버지(환자)의 얼굴을 보러 온 아들은 아버지를 보자마자 손을 잡으며 눈물을 흘렸다. 백발의 노인이 찾아왔을 때 누워 있는 아들(환자)은 백발의 노인에게 "아버지 죄송해요"라고 말했고 노인은 아들 앞에서 눈물을 흘렸다.

그렇게 내내 환자는 울었고, 혈뇨가 있었고, 위출혈이 있었고, 고열이 났다.

타인의 감정까지 받아들이기는 어려운 것 같다. 아직은 미성숙한가 보다. 3인칭 관찰자 시점으로 남기로 했다.

가장 싫어하는 시간을 기다리며

교모세포종/F/79.

수술과 방사선 치료와 항암제 복용을 끝낸 환자.

환자는 침대에서 떨어져 대뇌 출혈이 발생해서 다시 병원을 찾게 되었다.

가망이 없는 환자. 가족은 상의 끝에 DNR(심폐소생거부의사)을 제출했고, 바로 중환자실에서 병동 준중환자실로 이동하게 되었다.

하루에도 몇 번이나 지속되는 경련발작과 심방세동. 그리고 점차 저하되는 산소 수치와 혈압. 숨이 점점 가빠지고 있다. 30킬로그램의 작은 할머니는 얼마나 더 버텨줄 수 있을까.

환자, 보호자, 간호사, 의사 모두 기다리고 있다.

내가 병원에서 가장 싫어하는 시간.

죽음을 기다리는 동안의 시간.

병원은 희망과 절망이 함께 공존하는 곳이다.

희망을 얻기 위해 왔다가 절망만을 얻어가는 곳이기도 하다.

따뜻해질 필요

입원 1일째. 눈에 띄는 주황색 배경. 격리 표시를 나타내는 주황색이 갑자기 환자 이름에 등록되었다. 환자의 이름을 더블클릭해 코션(caution)을 확인하니 'r/o TB(결핵의심)'이다. 특이 증상 없이 갑자기 이렇게 결핵이 의심되는 경우는 거의 없지만, 몇 주 전에 외래에서 시행한 기관지 검사의 임시 결과가 나와 코션이 자동으로 등록된 것이다.

전파력이 있는지 확인하는 추가 검사 결과가 나올 때까지 환자는 공기격리가 필요하다. 음압 병동과 1인실이 남아 있지 않아 환자는 우선 치료실로 이동했다. 치료실은 간호사 스테이션과 가까이 있어 보통 침습적 시술을 시행하거나 주의를 요하는 환자를 보는 장소지만 병동 내 음압 설정이 가능한 빈 공간이 치료실밖에 없어 이곳으로 옮길 수밖에 없었다. 창문 하나 없는 공간. 그 안에 환자는 격리되고 말았다.

갑작스러운 주황색 코션에 의료인은 긴장하게 된다. 그러면서 다들 '환자와의 접촉을 최소화해야겠다'라고 생각할지도 모르겠다. 사실 나도 주황색을 본 순간 그런 생각이 없진 않았다. 인계를 마치고 다른 환자의 라운딩을 마치고 마지막으로 환자에게 간다. N95마스크를 착용하고 문을 여니 환자가 나에게 처음으로 질문을 한다.

"밖에 날씨는 어떤가요?"

아……

갑자기 중요한 무엇인가를 잊고 있었다는 생각이 든다. 격리도 필요하고 감염전파도 중요하지만 정작 환자의 마음을 생각하지 않았구나. 하루 종일 햇빛 하나 들어오지 않은 방에 갇혀 있으니 얼마나 답답했을까.

날씨가 좋다고 해야 하나, 흐렸다고 해야 하나. 어떻게 해야 환자의 마음이 상하지 않으면서 사실을 전달할 수 있을까. 어떻게 입을 열어야 할까.

"글쎄요. 사실 제가 요즘 밤에만 일을 해서 낮에는 자거든요. 그래서 낮에 날씨가 어땠는지 잘 모르겠어요. 밤에 올 땐 좀 서늘하긴 했어요."

간병인을 쓰려고 했지만 모든 업체에 전화를 해봐도 온다는 사람은 없었다. 환자는 보호자가 필요했지만, 아들은 단 몇 초도 방에 있지 않은 채 간호사실 앞에서 게임을 하고 있을 뿐이었다. 결핵. 가족조차 옆에 있기 싫어하는 걸까.

그러고 보면 결핵은 참 외로운 질병이다. 결핵의 다른 이름은 '외로움'이 아닐까…….
환자의 첫 질문을 듣고 '아, 그래도 나는 환자 곁에 조금 더 있어주어야겠다'라는 생각에 몇 마디씩 이야기도 나누고 서늘한 느낌에 병실 온도도 높여주고 이불도 덮어주었다. 혹시 환자는 내 마음을 알아주었을까.

나이트 근무 마치기 30분 전.
오늘의 날씨가 궁금하던 환자에게, 창문을 통해 보이는 하늘을 휴대폰으로 찍어 환자 방으로 들어갔다.
"○○○ 님, 날씨를 궁금해하셔서 제가 카메라로 찍어왔는데요, 오늘은 그리 맑을 것 같진 않네요. 오늘 창문 있는 방이 비면 그

곳으로 옮겨드릴 거예요. 전 이제 퇴근해요."

나는 조금 더 따뜻해질 필요가 있다.

고심

그는 창가에 서서 허공을 응시했다. 봄날의 햇살은 그의 허리 부분을 비췄다. 하얀 가운은 빛을 받아 다시 빛을 내는 것 같았다. 그는 한쪽 팔로 팔꿈치를 받치고, 다른 팔로는 턱을 괸 자세를 한동안 유지하고 있었다. 그는 고심하고 있는 게 분명했다. 자세히 보이지는 않았지만, 그의 시선은 옆에 누워 있는 환자와 창밖의 허공을 번갈아 보고 있었던 것 같다.

그러는 동안 그는 한마디 하지 않았다. 그렇게 얼마의 시간이 지났는지 모르겠다.

옆에 누워 있는 환자는 증상은 물론이거니와, 각종 영상과 혈액 검사, 생리적 지표를 보아도 점점 악화되고 있는 게 분명했고, 그는 학부 때 배웠던 산과 염기의 균형에 관한 생리학, 혈압을 높이기 위한 약의 기전이 쓰여 있던 약리학에서부터 그동안의 경험적 치료들, 교과서에서 보았던 프로토콜 그리고 최근의 치료 경향을 나타내는 연구 결과를 되새겼을 것이다.

그 방에는 환자와 보호자가 있었고 그 외에도 실습 학생이 몇몇 더 있었지만, 그는 개의치 않았다. 그렇게 얼마나 지났는지 모르겠다.

한동안 말 한마디 하지 않고 고심하던 그의 모습에서 그동안 내가 보길 바랐던 의사를 봤다. '어떻게 해야 살릴 수 있을까'라는 근본적인 질문. 분명 그는 그 질문을 하고 있었다.

벗어나지 못하는 사람

병원을 나서다가 우연히 입사 동기를 만났다. 동기를 만나면 늘 하는 소리가 있다.

"야, 너 그거 알아? ○○이 그만뒀대. 그리고 △△이는 다음 달에 그만둔대. 너는 일 잘하고 있어?"

각자의 안부를 살피는 얘기가 이렇다.

"나랑 같은 층에 일하던 ㅁㅁ이 알지? 이제 환자들 똥 치우는 게 너무 싫대."

동기 ㅁㅁ이의 퇴직 소식도 이렇게 알게 되었다.

나는 아직도 병원에 벗어나지 못하는 사람 중의 한 명이라는 느 낌을 받는다.

손톱

손톱은 나이테와 같다. 손톱을 보면 이전 몇 달 동안 그 사람의 세월을 예측해볼 수 있다.

할아버지 손톱을 보니 울퉁불퉁하고 새하얗게 변해 있었다. 그동안 그에게는 무슨 일이 있었을까.

왠지 살기 위한 노력으로 가득했을 것 같다. 새하얗게 앞길이 안 보였던 안개의 시간이 지나가고 있다.

14층 서병동 가족들에게

제 나이가 벌써 서른한 살입니다. 어느 순간 제가 서른 살이 넘어 있더라구요. 어떻게 보면 어린 나이일 수 있지만, 대학교를 졸업하고 처음으로 14층 서병동에 배정되어 인사하러 왔던 스물네 살의 제가 꼭 엊그제 같습니다.

어느덧 일이 익숙해지나 싶더니 벌써 시간이 이렇게 훌쩍 지나가 버렸네요. 그동안 저에게 어떤 일이 있었던 것일까요.

그동안 저에게 남는 기억이란 제가 병원에 입사하고 난 후의 기억이 대부분인 것 같고, 그동안 가장 감사했던 것은 너무도 멋지고 근사한 동료들과 함께 일하게 된 것이 아니었나 싶습니다.

마음의 준비는 하고 있었지만 부서를 떠나는 것이 결정되면서 막상 이 편지를 쓰려고 하니 미묘한 감정이 드네요. 각자 모두에게 인사를 드리고 싶지만 괜히 자신이 없어 이 긴 편지 하나로 마지막 인사를 드립니다.

7년 전, 걱정 반 기대 반으로 저는 신경외과 병동의 간호사로 14층 서병동에 처음 발을 들였습니다. 일이 서툰데도 많은 선배님들이 챙겨주시고, 후배님들 또한 저를 좋아해주셔서 지금까지 한 부서에 근무를 한 것 같습니다.

처음 근무를 시작했을 때 같이 일했던 많은 이들이 병동을 떠났고, 새로운 선배님, 후배님들이 오셔서 새로운 분위기가 되었지만 변함없는 사실 하나는 멋진 동료들과 함께 일했다는 것이 아닐까 싶습니다. 물론 개인적으로 신규 간호사 때의 기억들이 더 남아 있긴 하지만요.

그동안 부서 사람들과 참으로 즐거운 시간을 보냈네요. 새해에도, 크리스마스에도 병동에서 초를 불고 케익을 나누어 먹으며 수많은 밤들을 함께하고, 야유회에 가서 게임도 하고, 야구장에 가서 응원도 하고, 놀이공원도 가고, 근사한 레스토랑도 갔었구요, 선생님들을 따라 처음으로 새로운 일들을 경험하기도 했어요 (박주희 샘과의 노래방은 절대 잊지 못할 것 같네요).

신규 시절에는 선생님들과 술도 많이 마셨더랬죠. 예술의전당 앞 잔디밭에 앉아 도란도란 이야기를 나누었던 시간, 술을 마신 다음 날 전날 에피소드를 이야기했던 부끄러운 나날들, 여름이면 냉면과 파전을 즐겨 먹었고, 간호사실에 앉아 서로의 안부를 물었던 순간까지…….

어느 하루 소중하지 않은 날이 없네요. 제가 학교를 다니며 힘들어하는 모습을 보면서 '배부른 소리다'라는 말 대신 '힘들지?'라고 말해준 선생님들의 격려가 아직도 기억납니다. 말 한마디 한마디가 저에게 늘 따뜻함으로 다가왔고 그만큼 더 가족같이 느껴졌던 것 같네요.

물론 힘든 순간도 있었죠. 메르스로 떠들썩했던 시절, 울며 잠들어버린 바람에 통통 부은 눈으로 출근하는 저를 보고 선생님들이 전해준 위로의 말들이 생각납니다. 그때는 출근을 하면서도 울먹이고 일을 하면서도 눈물이 났지만 제가 계속 일을 할 수 있었던 것은 14층 서병동 가족 때문이 아닐까 싶습니다. 그러고 보면 여러분은 진짜 제 가족보다 더 많이 밥을 함께 먹은 제2의 가족이네요.

이곳에서의 소중한 추억과 인연을 가슴속에 잘 간직하고, 저는 저만의 꿈과 새로운 시작을 위해 다른 부서로 옮기려고 합니다.

응급실이라는 새로운 곳은 이미 정해졌고, 멀지 않은 곳이지만 14층 서병동을 떠나는 것은 저에게 큰 모험이네요.

떠나려면 아직 며칠이라는 시간이 있지만 저에게는 일일이 인사를 나누기에 부족하네요. 제 마음을 전달하기에는 어떠한 방법으로도, 어떤 표현으로도 부족합니다.

그동안 정말 고마웠습니다.

욕심내지 않고, 마음의 여유를 가지고 제가 처음 입사했을 때와 같은 마음으로, 그리고 더 밝은 모습으로, 그곳에서 다시 인사드리겠습니다.

정말 사랑하고, 고마웠습니다. 모두들 건강하세요. 고개 숙여 인사드립니다.

- 14층 서병동 간호사 박유미 올림

3장

올해는 도망칠 수 있을까

누군가의 찰나

어느덧 새벽어둠이 가시고, 6시가 되어가는 시간. '한 시간만 버티면 된다'라는 마음으로 하루를 마무리하는 시간. 적막을 깨고 응급실 전체에 방송이 울린다.

"남자 50대 CPR(심폐소생술) 5분 전입니다."

몇 명의 간호사들이 움직이는 발걸음 소리가 들리고, 나도 하고 있던 채혈을 마무리 짓고 소생실로 향한다. 소생실에는 이동식 침대가 3개 있고, 그중 출입구와 제일 가까운 침상 옆으로 의사 2명과 간호사 4명, 인턴 2명, 응급구조사가 기다리고 있다.

A 간호사는 응급카트 옆에 서서 CPR 기록지를 꺼냈고, 곧이어 사용할 에피네프린을 잴 2cc 주사기를 챙기고 있다.

B 간호사는 제세동기 옆에 있다. 제세동기와 환자를 연결할 라인에 엘렉트로드(electrode)를 붙이며 왼손으로 흰색, 검은색, 빨간색 라인을 움켜쥐고 있다.

C 간호사는 생리식염수 1ℓ에 라인을 연결하고 곧 환자가 옮겨질 침상 발측 폴대에 세팅을 완료했으며, 트레이에 18G 카테터와 10cc 주사기, 카테터를 고정하기 위한 필름(테가덤)을 옮겨담고 환자를 기다리고 있다.

D 간호사는 벌써 기관 내 삽관 준비를 마치고 밖을 기웃거리며 환자가 왔는지 살피고 있다.

나는 침상에서 멀리 떨어져 그들의 능숙한 준비를, 긴장감을, 순간의 여유로움을 지켜보며 큰 한숨을 쉬었다. 오늘 하루도 그냥 지나갈 것 같지 않다.

멀리서 사이렌 소리가 들리더니 응급실 밖에 빨간색 불빛이 번쩍번쩍하는 게 보인다. 부산한 소리가 가까워진다. 카트 위로 건장한 성인 남자가 눈을 감고 누워 있다. 119 대원이 카트가 움직이는 동안 까치발을 하고 가슴을 압박하며 소생실로 들어온다.

"목격자 있는 CPR인가요? 초기리듬 출력해주세요."

환자가 119 카트에서 침상으로 옮겨지자마자 B 간호사는 환자의 가슴에 엘렉트로드를 붙이며 초기리듬을 출력한다. 곧이어 들리는 119 대원의 목소리.

"네, 목격자 있는 CPR이고, 5시 59분에 환자가 자다가 소리를 질러 보호자가 갔더니 쓰러져 있어 CPR 바로 시작했고, 7분에 현장에 도착했을 때 V.fib(심실세동)으로 쇼크 2번 들어갔습니다."

환자는 그렇게 요란하게 6시 20분에 병원에 도착했다.

"Asystole(심장무수축)입니다. CPR 지속합니다. 2분마다 리듬 확인하고, 3분마다 에피네프린 투약하겠습니다."

A 간호사는 시간을 기록하며 주사기에 에피네프린을 재며 투약을 준비한다. C 간호사는 환자가 가슴 압박을 지속하는 와중에도 혈관을 확보하기 위해 팔 위쪽에 토니켓을 묶었다. 곧이어 C 간호사의 목소리가 들린다.

"혈관 확보되었습니다."

D 간호사는 환자에게 산소마스크를 적용하고, 침상 옆 모니터를 환자에게 연결하며 "intubation(기도 내 삽관) 준비되었습니다"라고 말한다. 인턴과 응급구조사는 가슴 압박을 교대로 지속했고, 다른 인턴은 환자의 동맥혈을 뽑아 ABGA(동맥혈가스분석)을 기계로 돌린 후 결과지를 주치의에게 전했다.

나는 C 간호사가 다른 팔에서 혈관을 확보하는 동안, 나에게 전해준 환자의 혈액을 벽돌색, 파란색, 회색, 형광 초록색, 보라색 통에 각각 넣으며 바코드를 출력해 보조원에게 빠른 검체 접수를 부탁한다.

"E-tube(기관 확보를 위해 기관에 삽입하는 튜브) 8mm 23cm 고정했습니다. 발루닝(Ballooning) 10 *cc* 시행했습니다."

D 간호사는 A 간호사에게 들리도록 큰 목소리로 말한다. 내가 검체를 담고 있는 사이 의사가 기도삽관을 했나보다. 환자는 응급실 침상으로 이동하고, 초기리듬을 분석해 출력하고, 동맥혈 검사와 혈관 확보를 마치는 1분 동안 기도 내 삽관까지 마쳤다. 곧이어 들리는 주치의의 목소리.

"리듬 확인하겠습니다. Asystole(심장무수축)입니다."

환자는 그렇게 가슴 압박을 지속하며 2분마다 리듬 확인, 3분마다 에피네프린 투약이 계속될 것 같았다. 6분이나 지났을까.

"V.fib(심실세동)입니다. Defibrillation(제세동) 준비되었나요? 200J 시행하겠습니다."

E-cart 옆에 있는 B 간호사가 제세동기에 윤활제를 발라 200J을 충전하여 응급의학과 교수에게 전달하고, 곧이어 "모두 떨어지세요"라는 소리와 함께 응급의학과 교수는 환자의 가슴에 패드를 대고 제세동을 시행한다.

"아미오다론 300mg 투약해주세요. 에크모(ECMO) 팀 연락되었습니다. 제가 나가서 환자 상태에 대해 보호자에게 말하고 오겠습니다."

주치의는 구두 처방을 지시하고, C 간호사는 주치의의 처방을 시행하며 담당 간호사에게 환자에게 약물이 투약됨을 전하고, 제세동기 시행 후에 환자 가슴 압박은 지속되었다.

에크모 팀이 연락되었다는 소식이 들리자마자 어디선가 나타난 E 간호사는 소독 보울(bowl)과 생리식염수, 50 cc 주사기를 준비한다.

D 간호사는 "에크모 팀 오기 전에 다음 리듬 확인하는 동안 오토펄스(Auto pulse) 적용하겠습니다"라며 앞으로 환자에게 시행할 시술을 예측이나 하듯이 응급의학과 교수님과 주치의에게 확인을 받은 후 기계를 장 안에서 꺼낸다.

부산스러운 움직임 속에 정렬함과 능숙함, 각각의 역할 분담이 눈에 띈다. 나는 아무것도 담당하지 않았지만 그들의 움직임을 지켜보며 어느 사소한 역할이라도 하기 위해 기웃기웃한다.

소생실 문이 열리고, 남자 3명과 여자 1명의 의사들이 몰려온다. 그들은 오자마자 환자의 얼굴을 확인하더니 끌고온 에크모 카트에서 소독 모자를 꺼내 쓰고, 소독 가운을 입고, 장갑을 착용한다.

"이거 뒤에 좀 잡아주세요."

나는 그들이 소독 가운 입는 것을 보조하고, 그러는 사이 가장 먼저 가운을 입은 의사가 환자 몸 위로 소독포를 덮고 서혜부 부위를 소독한다. 두 번째로 가운을 입은 의사는 나에게 손으로 가리키며 카테터를 하나씩 꺼내달라고 요청한다. 나는 카테터를 무균적으로 꺼내 하나씩 그들에게 건네준다.

"헤파린 5000유닛 투여되었습니다."

모든 준비과정을 익숙한 듯 알고 있는 간호사 D는 에크모 팀에게 항응고제 투여를 알렸고, 곧이어 에크모 팀은 환자의 서혜부 부위에 관을 삽입했다.

"초응급으로 RBC(적혈구) 준비해주세요."

C 간호사는 혈액은행에 혈액 준비를 부탁하고, 어디선가 갖고 온 nylon(대퇴동정맥에 삽입한 관을 고정하기 위한 실)을 에크모 팀에게 전한다. 환자를 덮은 소독포 안에서는 오토펄스가 사람을 대신해 가슴 압박을 지속했다.

D 간호사는 세팅한 인공호흡기를 환자에게 연결했고, 주치의는 환자의 상태에 따라 인공호흡기 모드를 변경했다. 에크모 치료가

시작되었다.

어디선가 나타난 체외순환사가 에크모 기계를 세팅하며 적혈구를 연결했고 Flow(L/min), RPM, Sweep gas, O2, cardiac index를 확인한다.

D 간호사는 체외인공심폐기 연결을 마치고 환자에게 사용한 관의 크기, 종류를 메모하며 에크모 카트를 정리하고 있다.

"쌤, 그런데 신경외과 병동에 있지 않으셨어요?"

누군가가 나에게 말을 건다. 토끼 눈을 뜨며 그의 눈을 바라보았다. 푸석한 얼굴은 마스크로 숨기고 있었지만 방금 일어난 것 같은 부스스한 머리는 숨기지 못했다. 그러나 그는 눈에서 졸음을 찾아볼 수 없었다.

얼굴도 모르는 에크모 팀의 누군가가 나를 알아보았다는 사실에 놀랐고, 6시가 넘은 이른 아침에 에크모 팀원들이 모두 달려왔다는 사실에 놀랐고, 그들의 하루의 시작이 이렇게 화려하게 시작되었음에도 아무렇지 않은 듯이 나누는 대화에 놀랐다.

119 카트가 응급실에 도착한 지 정확히 1시간 만에 환자는 에크

모 팀과 함께 응급실을 떠났다. 환자를 보내며 모든 간호사, 모든 의사, 체외순환사, 응급구조사는 서로에게 수고했다고 말하지 않았다.

그들에게 지금 이 한 시간은 지나가는 순간에 지나지 않았다. 환자는 살았고, 나와 함께한 모든 이들은 누군가의 찰나일 뿐이었다.

미션 임파서블

이 삶이 익숙해지는 날이 올까?

속으로 묻어둔 감정들이 더는 참지 못하고 표정과 언어로 표현되는 순간. 나에게 이런 모습이 있음에 나도 놀라고 보호자도 흠칫 놀랐던 것 같다.

하루하루가 극한이다. 이렇게라도 해야 그나마 하루를 좀 버틸 수 있을 것 같다.

내 능력을 초과해버리는 과도한 업무와 그에 따른 부담감과 심장 두근거림. 목이 말라 시들어지는 내 몸뚱어리, 끊임없이 울려퍼지는 전화벨 소리와 소리 지르는 사람들. 이보다 더 극한체험이 있을까.

순간순간 임파서블한 미션을 부여받은 나는 톰 크루즈와 같이 멋진 사람이 되길 원했지만, 이리 치이고 저리 치이는 초라한 나만 마주했다. 이렇게 나는 부서지고 있는 걸까, 두터워지고 있는 걸까.

수술, 입원, 전원, 시술, 검사, 입실과 퇴실.

반복되는 것만 같은 일상이지만 어느 하나 똑같은 날이 없다.

단지 오늘만 있을 뿐.

그렇게 오늘도 하루를 버티는 사람이 되어간다.

새해 3월 1일

새해가 새로운 시작이라는 의미라면 응급실의 새해는 달력보다 석 달이나 늦은 3월 1일이다. 그리고 드디어 응급실에서의 새해 가 밝았다.

떨림, 설렘, 무서움, 긴장, 부담감, 낯섦……. 이런 감정이 보이는 풋풋한 의사들이 나에게 먼저 어색한 인사를 한다. 한밤중임에도 불구하고 (거의 하루를 꼬박 새우고 있음에도) 그들에게선 '졸림' 이란 낌새를 찾아볼 수가 없다. 잔뜩 움츠린 어깨, 손에서 떼지 못 하는 업무일지, 환자 구역을 기웃거리며 몇 번이고 환자의 자리 를 곁눈질하는 모습에서 긴장감이 느껴진다.

"응급실 선생님, 중앙 2번 ABGA 해주세요."

"응급실 선생님, CT 동의서 받아주세요."

응급실을 가득 메우는 마이크 소리에 몇 명의 의사들이 달려가는 게 보인다. 아, 드디어 3월이 왔구나.

응급실에서 5일을 넘게 입원 대기하는 할아버지는 오늘도 역시 그 자리를 지키고 있었다. 3일 전에도 그 자리에 계셨는데, 병실 이 아직 안 났나 보다. 매주, 매일, 매시간마다 다른 환자를 봐야 하는 응급실의 특성상, 이렇게 두 번이나 할아버지의 담당 간호사를 하는 게 괜히 반갑다.

가쁜 숨을 몰아쉬며 나에게 카스테라 하나 손에 쥐여주시던 날이 바로 엊그제였는데, 할아버지는 오늘도 서랍에 있는 귤을 가리키며 제발 가져가라고 하신다. 숨을 헐떡거리며 당신 몸 하나 가누지 못하면서도 나에게 이런 호의를 베푸는 것이 웃을 일 하나 없는 응급실에서 나를 미소 짓게 만든다.

할아버지는 폐쇄성 폐질환과 폐암, 폐혈전증의 기왕력이 있으면서 폐렴으로 항생제 치료를 받고 계셨는데, 이번에는 폐 질환으로 인한 심장의 부담으로 심부전까지 동반되어 재원 기간이 점차 길어지고 있었다. 이뇨제와 항생제와 부정맥 치료제 그리고 항혈전제를 투여하면서도 빠른 호전을 보이지 않았다. 고령인 데다가 기저질환의 영향일 테다.

할아버지는 오늘도 가쁜 숨을 쉬고 있다. 숨이 가빠 함부로 움직일 수가 없어 오늘 밤에도 몇 번이고 나를 불렀다. 오늘 낮에 산소를 떼고 났더니, 밤중 모니터상에서 산소포화도 수치가 80대로 저하되는 게 반복되고 있다.

"응급실 선생님, 진료 2구역 ABGA 해주세요"라고 나는 인턴 선생님께 요청한다.

문밖을 기웃거리다 ABGA 키트를 하나 들고 그녀가 걸어온다. 머리를 질끈 맸음에도 정리되지 않은 머리가 얼굴 옆으로 흐트러져 내려와 있다. 오늘 하루 그녀가 얼마나 수고했는지 보여주는 것만 같다. 그녀는 담당 간호사인 나와 눈이 마주쳤는데, 그 눈빛은 할아버지를 설득해달라고 호소하는 것만 같았다. 나는 그녀와 함께 할아버지에게 다가간다.

"할아버지, 산소 수치가 너무 낮아서 피검사를 해야 해요"

말을 하자마자 손사래 치며 안 하겠다는 할아버지에게 나는 "이거 해야지 퇴원할 수 있어요"라며 할아버지의 왼손과 왼팔을 힘껏 잡아 자세를 잡는다.

그녀는 용감하게 주사기를 잡고 알코올 솜으로 할아버지의 손목 부위를 몇 번이고 닦은 후 손끝으로 미세한 동맥의 맥박을 느끼기 시작한다. 몇 번이고, 몇 번이고 느끼고 표시하고 잡고, 다시 느꼈다가 심사숙고하며 위치를 잡고 주사기 캡을 제거하고 바늘을 찌르려 하는 찰나.

눈 한 번 깜박이지 않은 채 안경 너머 그녀의 시선은 한곳에 고정되어 있었다. 순간적으로 집중력을 발휘하면서 그녀는 큰 숨을 한 번 몰아쉬더니 이내 숨을 멈추고 주사기의 끝을 할아버지의 손목으로 향했다. 그 손가락 끝의 미세한 떨림과 가는 주삿바늘 끝의 심한 흔들림 사이에 긴장감이 느껴진다. 배경음악이 들리며 암묵적인 귓속말이 들리는 것 같았다. "……떨려요……."

나는 그녀가 더 긴장하지 않도록 할아버지의 손을 꼭 잡아주었지만, 할아버지의 고함은 막지 못했다. 할아버지의 발버둥과 고함은 그녀를 더욱더 긴장하게 만들었다. 아쉽게도 그녀의 시도는 실패하고 말았다.

한 번 실패하고, 손을 바꿔 두 번째 실패를 하고, 마지막으로 또 손을 바꿔 세 번째 시도를 한 후에야 할아버지는 고통에서 벗어날 수 있었다. 그 고통은 온전히 할아버지의 것만이 아닌 것만 같았다.

오늘이 흘러가는 동안. 그녀도, 그리고 두 번째 시도를 한 다른 어떤 이도 그렇게 고통스러운 성장의 시간이 지나가고 있었다. 그래도 나는 안다. 결국 그들이 숙련가가 될 거라는 사실을.

모든 것이 낯설고 익숙하지 않고 숙련되지 않은 미완성의 달. 3월의 응급실. 새로운 새해가 밝았다.

그거 어디 쓸데나 있을까

2013년부터 올해까지, 나는 매년 해가 바뀌면 병원을 떠날 줄 알았다. 간호사로서 욕심도 없었다. 이루고픈 꿈도 없었다. 그냥 하루를 살고, 내일 쉰다는 희망 하나로 하루하루 보내고 나면 한 해가 갔다.

그렇게 버티는 동안 병원에 같이 입사했던 동기들이 거의 다 없어져버렸다. 함께 입사교육을 받은 동기들의 이름은 언젠가부터 검색이 되지 않았다. 이제는 서로 그만둔다는 안부 따위 전하지 않은 채 병원을 떠나나 보다.

영차 영차 하며 함께 시작했던 친구들이 모두 사라져버려 나는 늘 동요하고 만다. 나도 곧 떠나야지 하는 생각으로 출근한다. 이런 생각을 하지 않으면 일을 계속할 수 없다. 언제든 도망칠 수 있다는 생각. 이게 오히려 나를 오늘까지 버티게 했다.

간호사라는 직업에 대한 자부심이나 소명감이 나에게 있었던가. 친구들은 간호라는 일보다 간호사를 대하는 사람들의 태도와 본인 역량보다 더 많은 일을 해야만 하는 한계에 부딪혀 그만둔다고 했다. 코딱지만 한 소명감은 '흥' 하고 풀어 휴짓조각같이 휴지통에 버려졌다고 했다. 그렇게 말하는 그들에게 나는 차마 함께 버티자는 이야기를 할 수 없었다.

그렇게 나만 남겨졌고, 나는 아직 코를 풀지 않았다. 코딱지. 그거 어디 쓸데나 있을까.

성인 발열 구역으로 향한다. 전산으로 발열소 안에 격리실과 검진실 모두 아픈 이가 가득 차 있는 걸 확인했다. '오늘도 녹록지 않은 하루가 되겠구나'라는 생각과 함께 발열소 문을 연다.

검진실 A 안에 있는 젊은 남자가 문을 열더니 "간호사! 간호사!"를 연신 큰소리로 외치고 있다(검진실 A가 간호사 스테이션과 제일 가깝다). 그의 목소리에는 알 수 없는 화가 숨어 있다. 경험에 비추어 보면 저렇게 화를 내는 경우는 '당신들이 나를 가두었다'라는 불만이 대부분이다. 독감이나 결핵처럼 전파 가능성이 있는 질환을 의심하는 경우, 검사 결과가 확인될 때까지 격리가 필요한데 정작 당사자들은 이해하지 못할 때가 많다. 아무도 만나지 못하고, 작은 공간에 혼자 몇 시간 있는 것을 매우 불편해하고 그모든 불평을 받아내는 이는 간호사뿐이다. 연신 "간호사!"를 외치는 저 남자의 목소리에서 그 불편감을 느낄 수 있다.

간호사 스테이션에 콜벨 소리가 울린다(콜벨은 격리실 안에 있는 사람이 간호사를 부르는 소리다). 얼마나 쩌렁쩌렁 울리는지 젊은 남자의 목소리가 묻혀 남자는 연신 문을 열어 고개를 꺼낸다.

"네, 큼큼, 네."

염소 울음소리처럼 떨리는 소리. 그리고 목에 걸린 무언가를 넘기는 큼큼거리는 간호사의 소리가 들린다. 데이 간호사는 고개를 푹 숙인 채 콜벨을 받고 있어 내가 서 있는 입구 쪽에선 그녀의 정수리만 보인다. 그녀는 콜벨 너머로 자신의 목소리를 숨기기 위해 최대한 말을 아끼는 것 같았다. 몇 발자국 가지 않아 그녀의 눈이, 얼굴이 보인다. 그녀의 가슴팍 앞에는 출력해놓은 혈액 바코드, 투약 라벨, 빽빽한 업무 일지, 정리되지 않은 트레이와 이리저리 흐트러진 종이들이 눈에 띈다. 모든 것이 한 환자만의 것이 아닌 듯했다. 겹겹이 쌓인 바코드와 라벨들, 멈추지 않고 울리는 콜벨과 화난 목소리. 나는 발열소 문을 열고 들어간 지 몇 걸음 만에 그녀의 떨림을 이해했다. 그녀는 나와 눈이 마주치자 데스크에 팔을 대고 고개를 숙이며 울음을 터트린다.

"쌤, 왜 울어……. 내가 도와주러 왔어. 금방 할 수 있어."

나는 그녀의 팔을 들어 혈액 바코드와 투약 라벨을 주섬주섬 챙기며 이브닝 근무를 시작했다. 수액을 만들고, 채혈하고, 자리 정리를 하고, 퇴실 안내를 했다. 다음으로 검진실 B에 있는 환자를 격리실 안으로 옮기기 위해 문을 열었다. 40대 중년 여자가 눈물을 훔치고 있다. 나는 그녀가 어디가 아픈지, 어디가 힘든지, 슬퍼서 눈물을 훔치고 있는지 궁금하지 않다. 격리실 안으로 안내하면서 마스크를 올려 쓰며 그녀의 얼굴을 마주 보지 않고 콜벨 사용 방법, 화장실 위치를 설명만 했다.

환자 상태를 보기 위해 흰색, 검은색, 빨간색의 심전도 라인을 연결하기 시작했다. 오른쪽 쇄골 부위에 흰색, 왼쪽 쇄골 부위에 검은색, 마지막으로 왼쪽 가슴 아래 빨간색 일렉트로드를 붙이려는 순간 그녀의 왼쪽 가슴이 보였다. 볼록 올라와 있어야 할 자리에 크고 푹 파여 울퉁불퉁한 살과 살이 맞물려 있는 상처가 보인다. 그녀의 상처를 봐버렸다. 그런데 가슴의 상처를 본 건지 마음의 상처를 본 건지 분간이 안 간다. 나는 그녀에게 아무 질문도 하지 않았고, 그녀도 내가 나갈 때까지 아무 말도 하지 않았다. 울음은 조금 그쳐 보였다.

"유미 샘, 빨리 식사를 돌려야 해요. 성인 발열 구역 빨리 돌리고 선생님도 빨리 밥 먹고 와요."

"유미 샘, 지금 진료 2구역 좀 봐주세요. 아직 식사를 못 갔어요."

"유미 샘, 진료 3구역에 식사를 2명이나 못 갔어요. A 구역 먼저 식사 보내고 이후에 다른 사람들 식사 좀 챙겨줘요."

외상 차지 간호사는 식사의 총 책임자다. 나는 일하고 있는 구역 간호사들을 억지로 식사 보내며 그녀 대신 일하는 업무를 부여받았다. 발열 구역, 진료 2구역, 진료 3구역을 순서대로 돈다. 담당 간호사가 식사를 가기 위해서는 우선 하던 일을 대략 마무리하고, 30분간 일어날 예측 가능한 일을 인계하고, 식사하고 오면 30분간 있었던 일에 대해 인계받는 절차를 거친다.

오늘 내가 식사 교대를 하는 간호사는 5명이니 계산상 2시간 30분이 걸리지만, 인수인계와 정리 시간을 포함하면 대략 3시간가량 걸린다고 보면 된다. 저녁 시간이 되면 직원 식당이 문을 닫을까 마음이 바쁘다. 역시 빨리 한다고 했는데도 8시가 넘었다. 외상 차지 간호사는 모든 이의 식사를 모두 확인한 후 나에게 예진실 환자도 봐달라고 부탁을 하며 지하로 내려갔다(지하에 탈의실과 식당이 있다).

터벅터벅. 그녀가 걸어가는 뒷모습을 보고 있자니 발걸음이 지쳐 보인다. '터벌터벌'이라는 표현이 더 맞는 것 같다. 8시가 넘은 시간. 식당은 문을 닫았다. 그녀는 분명 오늘 식사를 못 했으리라. 그녀는 자신은 제일 나중 순위였다. 그렇게 오늘도 우리는 조금 지쳐가고 있다.

무례에 관하여

"아, 어떡하지! 큰일 났네!"

화장실 안에서 나는 옆 칸 사람이 들리지 않게 작은 소리로 혼잣말을 했다. 터져버렸다. 내 의지와는 상관없이 끈적이고 따뜻하고 묵직한 무엇인가가 아래로 흐르는 듯한 느낌과 동시에 속옷에 붉은 혈액이 묻어 있는 게 보인다. 아침부터 커피를 몇 잔 연달아 마셔서 화장실을 자주 갔지만 이런 신호는 없었는데. 아, 평상시 날짜 계산 좀 하고 다닐 걸 그랬다.

중앙인계를 마치고 근무를 시작하기 직전. 1분도 채 남지 않은 시간. 나는 빨리 인수인계를 받고 일을 시작해야 한다. 마음이 급하다. 출근하기 전, 탈의실에서 잠시 마주쳤던 동료가 "선생님, 오늘 소아구역이죠? 소아 지금 미쳤어요"라며 넌지시 전해준 말이 떠올랐다.

인수인계를 하고 나면 화장실에 갈 시간이 없을 것이 분명하다. 지금 응급실의 모든 자리는 가득 찼고 응급실 밖에서 진료 대기하는 환자까지 줄줄이 있는 상황이니 물 마실 시간은커녕 화장실에 가는 일조차 사치일 것이다. 그래서 일을 시작하기 직전까지 나는 이렇게 화장실로 달려와 변기에 앉아 있는 것이다.

지금 내가 있는 곳은 1층 응급실 옆 화장실. 경우의 수를 고려해 빨리 결정을 해야 한다.

1. 3층 탈의실로 가서 생리대를 갖고 와 화장실에서 생리대를 적용한다.
2. 지하 1층으로 가서 편의점에서 생리대를 산 후 화장실에서 생리대를 적용한다.
3. 인수인계를 먼저 받은 뒤 1번이나 2번 중 하나를 택한다.
4. 피를 흘리며 일한다.

1번을 택할 경우를 생각해본다.

엘리베이터를 탄다 → 3층에 내린다 → IC 카드로 탈의실 문을 연다 → 내 사물함 문을 연다 → 생리대를 찾는다 → (생리대가 없으면 어쩌지?) → 바로 앞 화장실에서 생리대를 적용한다 → 1층까지 뛰어내려온다 → 응급실로 온다

2번을 택할 경우를 생각해본다.

지하 1층까지 뛰어내려간다 → 편의점에 간다 → 생리대 코너를 찾는다 → 생리대 코너에서 어떤 생리대를 고를지 선택한다 → 계산을 한다 → (줄이 길면 어쩌지?) → 편의점 옆 화장실에서 생리대를 적용한다 → 1층까지 뛰어올라온다 → 응급실로 온다

1번과 2번의 선택을 결정하는 데 가장 큰 변수는 사물함 속에 생리대가 없는 경우였다. 평상시 생리대가 있는지 확인하지 않았기 때문에 없을 수도 있다. 그럴 경우, 1번 과정과 2번 과정을 모두 거치게 되니 시간이 2배가 될 거다.

그래, 2번을 택하자. 뛰기 시작했다. 화장실에서 뛰쳐나와 미친 여자처럼 1층에서 지하 1층까지 뛰어내려와 편의점으로 돌진했다. 달려가는 내 등 뒤에서 목소리가 들린다.

"저기요, 여기 직원식당이 어디에 있어요?"

목소리로 봐서는 나이 지긋한 할아버지와 조금 젊은 남자인 것 같은데 확실치 않다. 그들의 옆을 지나가는데 1초도 채 걸리지 않

았고 그들이 나에게 말을 거는 것인지도 모르게 스쳐지나가 버렸다.

그들이 나에게 말을 건 이유는 내가 분홍 근무복을 입고 있었기 때문일 거다. 나는 빨리 생리대를 사서 화장실을 들른 뒤 응급실에 가야 한다는 생각뿐이었다. 나를 기다리고 있을 동료와 앞으로 내가 담당할 10여 명의 환아들, 그리고 몇십 명의 부모들…….

곧이어 들리는 젊은 남자의 목소리.

"뭐 저런 게 다 있어?"

나는 뒤를 돌아보지 않았다. 뒤를 돌아보면 그 말은 꼭 나에게 하는 것이 되어버릴 것이었다. 내 시야에 병원 근무복을 입은 사람은 나밖에 없었다. 나는 스쳐지나갔을 뿐인데, 어느 순간 내가 아주 무례하고 버릇없고 싹수없는 사람이 되어버렸다.

편의점에 도착해서 가격, 종류, 개수를 판단할 시간조차 아까워 제일 오른쪽 아래에 있는 생리대를 아무렇게나 집어들었다. 계산을 기다리며 '무례'에 대해 생각했다.

내가 무례했던 걸까, 그들이 무례했던 걸까.

내가 그들의 말을 들을 준비가 되어 있을 것이라고 그들은 무의식중에 생각했을지 모르지만, 반대로 내가 준비되어 있지 않은 상태였음을 그들은 생각이나 했을까? 단순히 근무복 입은 사람이 본인의 말에 대답하지 않았다고 해서 버릇없는 사람으로 판단해버린 그들이 무례했던 게 아닐까.

나는 순식간에 '저런 것'이 되어버린 상황이 텁텁하게 느껴졌다.

일하는 동안 무례에 관해 생각할 시간이 없었다. 생리대에 피가 얼마나 묻었는지 확인할 시간조차 없었다. 일을 시작하면서 생리대를 적용했고, 저녁식사 시간에 화장실에서 생리대를 한 번 바꿨다. 같이 일하는 전공의도 "저 화장실 갈 시간 좀 주세요"라며 화장실에 뛰어갔다 왔다.

생리통 따위는 있었는지 없었는지 모르겠다. 인플루엔자가 기승을 부렸고 엄마와 아이들은 줄을 이어 아침부터 밤까지 왔다. 이렇게 오다간 어린이집에 아이들이 남아 있을까 싶을 정도로 왔다. 물을 마시고 싶었는데, 물 뜨러 갈 시간이 없었다. 일이 끝나고 나서야 벌컥벌컥 시원한 물을 마실 수 있었다.

오늘 정말 열심히 일했다. 그런데 그것과 상관없이 나는 '저런 것'이 되었다.

운수 좋은 날

엊그제부터 감기가 지독하게 걸렸다. 밤중에는 고열로 시달렸고, 간신히 잠이 들었다가도 침을 삼킬 때마다 느껴지는 통증으로 자꾸 깼다. 비타민도 먹고 물도 마시고 가글도 했지만 효과가 없었다. 진통제와 목감기약을 사온 아침이 되어서야 간신히 선잠이 들 수 있었다. 목소리가 제대로 나오지 않고, 말을 할 때마다 목이 아파 말을 꺼내기가 싫었다.

어제는 진료 2구역이었다. 인수인계를 받자마자, Q씨는 신부전으로 투석을 가야 했고, 원인을 알 수 없는 혈변으로 헤모글로빈 수치가 점점 저하되어 내시경 시술이 필요한 상황이었다. 혈장 수혈을 해도 INR 수치는 목표치에 이르지 않았고 투석실과 내시경실, 주치의에게 교대로 전화를 한 후에야 급한 대로 투석 먼저 진행하기로 했다. 전혈 2팩, 혈장 3팩 수혈이 남아 있는 상태로 투석실과 조정해 투석실에서 전혈 2팩을 보내기로 했고 투석을 마치고 오면 혈장을 투여하기로 주치의와 의사소통했다.
"아휴, 도대체 언제 밥을 먹을 수 있는 거유? 이러다 배고파 죽겠슈."

보호자는 뜬금없이 밥 타령을 했다. 위장관 출혈이 의심되는 상황에서 밥이라니. 투석과 검사와 수혈과 시술은 보호자에게 중요해보이지 않고 오직 밥만 생각나는 듯했다. 지나가는 의료진을 볼 때마다 붙잡고 밥 타령을 했다.

"보호자분, 밥 안 먹는다고 안 죽어요. 지금 Q씨에게 그게 중요하지 않아요. 지금은 금식이 치료고 앞으로도 검사가 남아 있어요."

Q씨의 보호자에게 카세트테이프처럼 몇 번이고 같은 말을 반복한 후에야 Q씨는 투석을 하러 갔다.

P씨 혈압이 떨어졌다. 오늘 담즙 배액관 삽입술을 하고 왔는데, 혈압이 점점 저하되었다. 원래 계획대로라면 오늘 배액관 삽입술을 한 후, 일반 병실로 입원하려고 했는데…….

이렇게 계획은 계획대로 되지 않았다. 혈압을 높이기 위해 플라즈마 수액을 주입하고 노르에피네프린 약물이 추가되고, 혈압을 모니터링하기 위한 동맥관을 삽입했다. 혈압을 보며 플라즈마 수액은 추가에 추가로 주입되고 노르에피네프린 약물 용량은 점차 증가되었다. 주치의는 담즙 배액관 삽입술을 확인하기 위한 엑스

레이 처방을 내면서 "외과 중환자실로 갈 거예요"라며 한마디 하고 떠났다.

보호자에게 입원 절차를 밟아오게 하고, 중환자실과 통화를 하고, 몸에 삽입한 동맥관, 정맥관, 모니터링을 위한 각종 라인을 정리하고 모든 준비가 끝마친 시점에 또 환자의 혈압이 떨어졌다. 주치의와 연락해 노르에피네프린 약물 용량을 늘리고 나는 환자와 외과 중환자실에 도착할 때까지 동행했다(암병원은 왜 이리 멀게만 느껴지는지). 환자의 상황을 간단히 중환자실 간호사에게 브리핑하고 응급실로 다시 뛰어내려왔다.

R씨는 고열로 오한이 너무 심해 몸을 바들바들 떨었다. R씨에게 모니터링을 연결하고 열을 재보니 40도가 넘었다. 항생제가 투여되기 시작했고 주치의에게 알리고 해열제를 투약했다. R씨는 봉와직염을 의심해 왼쪽 다리 병변에서 드레싱을 하며 검사가 진행되었고 원인을 찾기 위한 MRI 검사가 예정되어 있었다.

"그래서 이 병원에 입원이 가능한 건가요? 앞으로 뭐가 더 남아 있는 건가요?"

보호자 세 명이 번갈아가며 같은 질문을 했다. 나는 앞으로 MRI 검사가 진행될 것이고, 항생제 치료는 지속하며, 지금은 증상 조절을 위해 해열제가 투약되고 있고, 검사가 진행된 다음에야 입원 여부를 확인할 수 있다는 말을 세 번 반복했다.

나의 장황한 설명과는 달리 보호자가 원하는 대답은 "입원"이었고 매번 주치의와의 면담을 원했다. '지금 바빠서 언제 갈지 모르니 기다리라고 해라'라는 주치의의 말을 전하니 보호자는 주치의가 올 때까지 내 앞에 서 있겠다고 했다. 그 사이 보호자는 MRI는 언제 찍는지 질문했는데 'MRI실에서 불러주면 갈 것이다'라는 내 대답에 어이없는 비웃음을 지었다. 그렇게 보호자는 주치의가 올 때까지 내 앞에 서서 짜증 나는 눈빛으로 어이없는 표정과 함께 나를 비웃었다.

S씨는 심박수가 빨라 내원했고, 하루 종일 검사한 결과 심부전으로 인한 폐부종이라는 진단을 받았다. 입원 치료가 필요한 상황. 준비가 되었으니 환자를 올려달라고 병동에서 연락이 왔다. 나는 병동으로 이송하기 전 환자의 활력징후를 측정하기 위해 환자

에게 갔다. 아, 심박동 수가 100대 전후로 유지되던 환자는 갑자기 200이 넘었다. 인턴에게 부탁해 심전도 검사를 진행하고, 주치의에게 알리고, 환자 상태를 모니터링하고, 응급카트를 가져와 제세동기를 연결하고, 18G 정맥관을 확보하고 수액을 연결했다. 곧이어 주치의는 아데노신 약물을 투약 지시를 했고 6밀리그램, 12밀리그램 투약을 한 후에도 환자의 심박동 수는 160~170대였다.

"딜티아젬 주세요."

주치의는 그렇게 처방을 내고 자리를 떠났다. 딜티아젬을 투약한 후에 환자의 심박동 수는 100대 전후로 돌아왔다. 나는 환자가 입원이 지연되는 상황과 함께 환자에게 모니터가 필요해 장비가 추가로 필요하니 준비하라고 병동에 인수인계를 했다. 안정된 환자 상태를 확인한 후에 입원 진행을 하는데 환자가 "아, 갑자기 소변이 안 나오네요. 소변 좀 빼주세요"라며 병동에 가기 직전까지 또 다른 증상을 호소했다. 오늘은 순조롭게 진행되는 일이 하나도 없다.

투석실에서 연락이 왔다. Q씨가 갑자기 5분 전부터 말을 못 하는 뇌경색 증상을 보인다는 것이다. 수화기 놓기가 무섭게 Q씨는 신장내과 의사와 (지혈도 하지 못하고 온 탓에) 왼쪽 팔을 지혈하는 투석실 간호사가 함께 응급실로 돌아왔다. 주치의에게 환자가 응급실로 돌아왔다며 노티를 하고, 곧이어 주치의가 환자를 검진하며 신경과 당직의에게 연락했다. 옆에서 보호자는 "밥을 안 먹어서 그렇다"라며 밥 타령을 했다. 곧이어 이어지는 뇌 CT와 MRI 검사. Q씨는 조영제를 사용한 영상 검사가 끝나면 또 투석해야 한다. Q씨는 중앙구역으로 옮겨졌다.

"아이고 가슴이야, 왼쪽 가슴이 너무 아파요."
가슴을 쥐어짜며 K씨가 진료 2구역으로 입실했다. 이가 반이 빠져 실제보다 나이가 더 들어보이는 K씨의 옆에는 90세 정도의 노모가 있었다(K씨처럼 나이가 많이 들어보일 수도 있겠다). 심전도상 심근경색이 보이지 않아 혈액 검사를 진행하고 수액 치료를 하기로 했다. 의료 1종, 개인위생 불량, 입에서는 알코올 냄새가 풍겼다.

"저 좀 죽게 해주세요. 저 이제 다 산 것 같아요. 저 죽을 것 같아
요. 제발 죽게 해주세요"라며 K씨는 수시로 나를 부르며 죽고 싶
다 노래를 했다. K씨의 노모는 치매환자처럼 응급실 내 모든 구
역을 헤매고 다니고 종종 다른 간호사에게 붙잡혀 진료 2구역으
로 돌아왔다. "어머니, 제발 K씨 옆을 지켜주세요"라고 몇 번이고
말을 해도 응급실이라는 공간은 노모에게 구경할 게 많은 신세계
였다. K씨는 죽고 싶다는 노래를 끝내고 집에 계신 아버지가 위
독하니 퇴원하겠다며 갑자기 모니터를 떼고 나에게 걸어왔다.

"술을 얼마나 드신 거예요?"

"한 병! 오늘 아무것도 안 먹고 소주만 한 병 먹었어! 이제 나 좀
가게 해줘!"

K씨는 그렇게 나에게 술주정을 했다.

이외에 어제 내가 본 환자는 총 10명이 넘었던 것 같다. 누구 하
나 간단하고 쉽지 않았다. 그렇게 오늘 밤도 나는 감기몸살을 앓
았다. 밤에 고열로 시달렸고, 목이 아파 깊이 잠들 수 없었고, 기
침과 콧물 증상이 추가되었다. 누우면 코가 막혔고, 입을 열면 목

이 아파 숨을 쉴 수 없었다. 진통제와 목감기약을 먹었다. 그래도 낫지 않았다.

오늘은 소아구역이다. 잠도 충분히 자지 못했는데 근무 전에 CPR 실사와 예진 교육과 1분 스피치를 해야 해서 평상시보다 1시간 반 일찍 출근해야 했다. '일주일 동안 즐거웠던 일'에 대해 스피치를 하면서도 즐거웠던 일이 전혀 떠오르지 않았다. 고되고 힘들고 지독한 일주일만 기억날 뿐이었다.

오늘 소아구역은 그야말로 전쟁터다. 날씨가 추워지니 아픈 아이들이 많아지나보다. 아이들이 평상시보다 두 배는 많이 왔다. 소아구역 내 자릿수보다 더 많은 아이가 왔기 때문에 응급실에 들어오기 위해 대기하는 아이까지 있었다.
10명이 넘는 환아를 담당하는 것은 20명이 넘는 부모를 같이 담당하는 것과 마찬가지인데, 모든 부모가 똑같이 "여기 응급실 아닌가요? 제 아기가 제일 응급한 거 아닌가요?"라고 말했다.
아이들 몸무게를 재고, 자리를 배정하고, 열 나는 아이에게는 해

열제 복용 여부를 확인해 빨리 해열제를 주고 혈압을 재는 것과
같은 평상시 업무들이 마비되었다.

응급실에 들어온 부모와 아이는 배정된 자리와는 상관없이 아무
곳에나 앉았고 처방은 계속 밀렸고 아이들은 모두 울었다. 거제
도에서 올라온 엄마, 아빠, 삼촌은 번갈아가며 내 앞을 막으며 빨
리 검사를 진행해달라며 소리를 쳤다(다른 병원에서 CT, MRI까
지 다 진행했는데 큰 병원은 뭐가 다를까 싶어 왔단다).

배가 아파 아이를 데리고 온 엄마는 초음파 검사가 왜 이렇게 진
행이 느리냐며 이게 무슨 응급실이냐며 내 앞에서 불만 카드를
작성했다. 충수염이 의심되어 항생제 치료가 필요한 아이의 부모
는 왜 금식을 해야 하느냐며 당장 외과 의사를 불러오라며 호통
을 쳤다.

부모들의 불만 뒤로, 경련을 일으켜 온 아이에게 처방 난 항경련
제와 가와사키병을 진단받은 아이에게 처방 난 면역글로블린 투
약이 늦어졌고, 숨쉬기 어려워하는 아이에게 필요한 호흡기 치료
가 지연되었고, 전원을 가야 하는 아이의 상황을 설명할 수 없었

다.

방금 주치의가 검진한 환아에게 처방 난 수액 치료와 혈액검사들을 클릭하기가 무서웠다. 어느 순간에는 진정제 약을 맞고 MRI 검사실에 간 아이가 진정이 되지 않는다며 연락이 와 나는 약을 조제해 MRI검사실에 몇 번이고 뛰어갔다 와야 했다.

그 사이 6명의 아이가 입원 결정이 되었고 나는 입원 수속을 위한 절차(전동일지 작성, 투약 정리, 미실시된 검사 정리, 활력징후 측정, 부모님께 입원 설명)를 진행했다. 이 모든 과정이 버겁게 느껴졌다.

아, 맞다. 아까 열이 난 아이에게 해열제를 줄지 주치의에게 못 물어봤는데……

아, 맞다. 아까 해열제 투여한 아이 열을 다시 재봐야 하는데…….

아, 맞다. 항암한 지 얼마 되지 않은 아이 호중구 수치 확인해서 자리 옮겨줘야 하는데…….

아, 맞다. 아까 혈압이 낮았던 아이 혈압 다시 재봐야 하는데…….

아, 맞다. 아까 정형외과에서 부목 댄 아이에게 처치재료 입력이 되어 있는지 확인해봐야 하는데…….

아, 맞다. 사용 안 한 헤파린 반납해야 하는데…….

시간이 지날수록 한 일보다 해야 할 일이 더 많아졌다.

이렇게 오늘 내가 본 아이만 32명이다. 부모까지 합치면 60명이

넘는다. 목이 너무 아팠는데 물을 마실 시간조차 없었다. 근무를

하는 8시간 동안 그렇게 영혼과 몸은 점점 무너져갔다. 구역질이

났다. 이러다가 내가 쓰러지지 않을까 싶었다. 언제까지 내가 버

틸지 모르겠다.

내가 죽을 수도 있겠구나 싶은 하루였다.

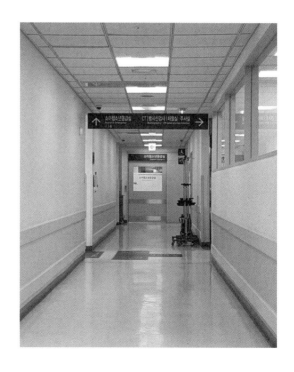

슬픔이 모이는 공간

2017년의 추석 연휴는 어느 해보다 길어서, 이틀의 휴일을 얻은 나는 공주 집에 다녀왔다. 오랜만에 명절에 큰딸이 온다며 엄마는 며칠 전부터 준비했는지 모를 갖가지 음식을 내놓으셨다(얼마나 힘드셨을까).

푸짐하게 차려진 음식 앞에서 엄마는 어김없이 언제까지 그렇게 힘들게 사느냐며, 제발 좀 그만두고 쉬운 곳으로 이직하라며 본인의 바람을 이야기하셨다. 나는 그런 엄마 앞에서 어린아이처럼 헤헤거리며 "이제 병원 곧 그만둘 거니까, 이렇게 많이 드리는 것도 올해가 마지막이에요"라며 봉투를 주섬주섬 꺼내 엄마에게 드렸다.

엄마는 또, 두툼한 봉투를 받고 조심히 옆에 두며 기분 좋은 표정을 감추지 못하면서 "이런 거 많이 안 줘도 괜찮아. 엄마는 용돈 안 줘도 엄마가 알아서 할게"라며 무심한 척하셨다.

에구, 우리 엄마. 그래도, 지금은 부모님께 용돈을 드릴 수 있는 형편이라서 다행이다.

추석 기간 응급실을 찾은 사람의 수는 여느 때보다 적었지만, 불행의 크기는 여느 때보다 크게 느껴진다. 병동에서의 추석은 가족이 번갈아 찾아오며 서로 인사하고, 바리바리 싸온 음식을 나누어먹는 풍경이었는데⋯⋯. 추석 무렵 응급실에는 모든 불행이 모여 있는 것만 같다.

한 여자가 구급대원과 같이 응급실로 실려 들어왔다. 얼굴이 창백하고 피부가 희고 가녀린 여자는 간신히 침대로 옮겨져 진료를 기다렸다.

"집에 있는 약을 모조리 다 먹었대요. 술도 먹고 타이레놀이랑 감기약 같은 것도 먹은 것 같은데, 보호자는 같이 안 왔고 핸드폰 보니까 남편이랑 이혼 얘기하다가 그런 것 같더라고요."

구급대원은 환자에 대한 간략한 정보를 전하고 갔다. 아슴아슴 간신히 입 모양만으로 대답하는 환자 앞에서, 직원들은 기계적으로 모니터링과 투약, 처치를 진행했고 환자는 그렇게 몇 시간 동안 혼자 누워 있었다. 그런 그녀를 멀찌감치 지켜 보고 있자니 괜스레 마음이 쓸쓸해졌다. 고독하고 스산해 보이는 그녀는 그렇게 자신을 파괴하고 있었다.

올해 윌름즈종양(콩팥에 발생하는 악성 종양) 진단을 받고 수술 후 항암 치료 중인 3세 여아. 갑작스러운 발열에 아이 엄마는 커다란 캐리어를 끌고 응급실로 왔다.

두려움이 가득한 얼굴을 한 아이는 병원 옷을 입은 사람이 옆에 오기만 하면 소스라치게 놀라며 울음을 터트렸다. "안 해! 안 해! 안 할 거야!"라며 연신 몸을 이리저리 흔들며 온 힘을 다해 피하려고 했다. 그런 아이가 안쓰러운 엄마는 아이를 안으며 울음을 터트렸고, 아이는 우는 엄마를 보며 "엄마, 미안해"라며 또 울었다. 아이는 엄마에게 미안했고, 엄마는 모두에게 미안했고, 의료진은 아이에게 미안했다. 그렇게 미안함은 서로 돌고 돌았다.

갑작스러운 사고, 생사가 왔다 갔다 하는 환자들, 갑작스러운 죽음을 맞이한 가족, 아무도 찾아올 사람이 없는 이, 어린아이를 안고 온 대가족……

2017년 추석의 응급실은 순간순간의 슬픔이 모여, 커다란 슬픔의 공간이 되었다.

감정노동자

젊은 남자가 진료 1구역으로 입실했다. 두꺼운 잠바에 반바지를 입은 그는 왠지 이상한 기운을 풍겼다. 나는 "9번 자리에 앉아계시면 의사 선생님이 진료하러 오실 거예요"라며 환자에게 숫자 9가 적힌 의자를 가리켰다.

채혈실에서 다른 환자의 채혈을 하고 난 후 간호사 스테이션으로 걸어가는데 그 젊은 남자가 다른 자리에 앉아 있는 것이 보였다. "김○○ 님은 이 자리가 아니라, 9번 자리에 계셔야 해요. 이곳은 다른 분 자리예요."

나는 다시 의자를 가리키며 젊은 남자를 자리로 안내한다. 그는 어딘지 모르게 아니꼬운 표정을 하며 내 눈을 한 번 쳐다보곤, 잠바와 어울리지 않는 슬리퍼를 끌며 마지못해 이동했다.

몇 분이나 지났을까. 주치의가 "김○○ 님, 김○○ 님" 하고 부르며 진료 1구역으로 들어왔다. 9번 자리를 쳐다보았지만 그는 그 자리에 보이지 않았다. 주치의는 한참 환자를 찾으러 다닌 후에야 "간호사님, 김○○ 님이 보이지 않아요. 전화해서 좀 불러주시겠어요?"라며 요청한다. 나는 전산에 등록된 전화번호로 전화를 걸었다.

"안녕하세요. 저 ○○병원 간호사입니다. 김○○ 님이세요? 주치의 선생님이 오셨는데 자리에 안 계셔서 연락드렸어요."

나는 최대한 친절한 목소리로 말했다.

"이런 ××, 안 봐줘서 다른 병원 갈 거니까 그렇게 알아. 너네 그렇게 기다리다가 나 죽으면 책임질 거야? ××, 내가 다신 여기 오나 봐라. ××, ××××."

난무하는 욕설을 듣고 나는 당황하지 않을 수 없었다.

그는 응급실 진료구역 중에 가장 경한 환자가 있는 구역에 있었고, 스스로 걸어 들어올 정도로 건강해보였고, 통증이 있다고 호소하지 않았고, 다른 자리로 안내할 때도 나에게 아무 말 하지 않았고, 의사의 진료는 30분 내로 진행되었다. 아무한테도 말하지 않고 응급실을 스스로 걸어서 나갔음에도 도대체 왜 간호사에게 화를 내는 것일까? 하루라도 갑자기 소리 지르는 사람을 안 본 날이 있던가?

불평이 일상이 되어버리는 응급실은 그만큼 간호사에게 감정노동을 요구하는 곳이다. 병동에서 7년 동안 들은 불평보다 응급실에서 1년 동안 들은 불평이 더 많게 느껴진다. 그만큼 응급실이 만만치 않은 곳이라는 생각을 들게 한다. 간호 지식과 술기로 사람을 치료하는 게 아니라 종일 화가 난 사람들을 토닥이며 '불평 응대'를 하다가 퇴근하는 느낌.

어쩌다 이렇게 되었을까, 우리 간호사는.

버티는 삶

"이곳은 정말 저와 맞지 않는 것 같아요, 진짜. 제 목표가 1년 채
우기였는데……. 이제 미련 없이 그만둘 수 있을 것 같아요."

나는 저녁식사를 하며 나보다 응급실에서 오래 근무한 간호사에
게 말한다. 그리고, 그녀의 대답.

"선생님, 이곳은 아무도, 아무도 맞는 사람이 없어요. 그냥 버틸
수 있으면 있는 거고, 버티지 못하면 그만두는 거죠."

오늘도 갈팡질팡

무엇 하나 정리되지 않은 시점에서 새로운 사람들이 입장하고 그들은 각자의 견해를 밝히기 바쁘다. 너무 많은 말이 쏟아져나온다. 나는 너무 많은 이야기를 했음에도 불구하고 아직도 쏟아낼 말이 많은 사람들 사이에서 오늘도 갈팡질팡하고 있다.

인수인계를 받고 해야 할 일들이 밀려 있음에도 새로운 처방들이 컴퓨터 화면 아랫쪽에서 연이어 깜박인다. 그 화면을 누르려는 찰나, 아픈 이들이 나를 부르는 소리가 들린다.

"저기요. 저기요."

뒤를 돌아보니 한 사람이 나와 눈이 마주치기 무섭게 질문을 한다.

"언제까지 기다려야 하나요? 검사 결과는 나왔나요? 누워 있을 곳은 없나요? 허리가 너무 아파요."

나는 어느 누군가에게 했던 같은 대답을 하고, 나를 불렀던 사람을 찾기 위해 눈길을 다른 곳으로 돌린다. 그 순간 어느새 응급실에 입실한 또 다른 사람의 눈빛과 마주쳤고, 그 사람은 자기 이야기를 한다(아픈 이들은 모두 자기가 제일 급하다).

내가 지금 해야 할 일은 무엇일까.

맨 처음에 해야 할 일이라고 생각했던 것을 해야 하나.

나를 처음으로 부른 이에게 달려가야 하나.

아니면 나와 눈이 마주친 이의 검사 결과를 보고 설명을 먼저 해줘야 하나.

혹시 아직 보지 못한 처방이 응급한 처방이면 어떡하나.

방금 들어온 환자에게 안내를 먼저 해야 할까.

한정된 시간과 에너지 안에서 많은 말과 행동을 해야 하는 나는 오늘도 갈팡질팡하고 만다.

응급실 안으로 저마다의 증상을 가진 이들이 줄을 이어 들어온다. 배가 아픈 이, 항암치료 도중 열이 나는 이, 가슴이 두근거리는 이, 두드러기가 나는 이, 발작처럼 통증을 호소하며 휠체어에 쓰러지듯 실려오는 이, 갑자기 팔과 다리에 힘이 빠져 실려온 이, 배의 관에서 체액이 나오지 않아 온 이, 황달이 갑자기 생겨 찾아온 이, 배우자의 죽음으로 며칠 밤을 새우고 난 뒤 실신해서 실려온 이, 술을 먹고 난 뒤 위장 장애를 호소하며 찾아온 이, 갑작스

러운 다리 통증으로 온 이, 투석관이 막혀 찾아온 이, 구토와 복통
과 설사로 온 이, 기력이 없어 찾아온 이, 지남력이 갑자기 저하되
어 보호자가 모시고 온 이, 오른쪽 옆구리 통증으로 배를 부여잡
으며 온 이, 방광암으로 방사선 치료를 받던 도중 혈뇨가 나와 찾
아온 이, 열흘 넘게 대변을 보지 못해 찾아온 이, 어깨 통증으로
온 이, 숨이 차고 양발이 부어 온 이, 갑자기 혈변이 나와 찾아온
이, 질병에 대한 통증이 먹는 약으로도 조절이 되지 않아 찾아온
이, 외래로 왔다가 혈액 수치 이상으로 교정이 필요해서 찾아온
이, 갑작스러운 어지러움으로 찾아온 이…….

새로운 사람이 들어오고 자리를 안내하고 진료를 보면 검사실로
안내하고, 금식을 설명하고, 혈액검사를 하고 주사를 잡고, 수액
과 처방 난 약제를 투여하고, 사람들의 불편함을 듣고, 혈압과 체
온을 재고, 모니터를 연결하고, 검사실이나 외래에서 연락이 오면
조정을 하고, 이외 추가적인 검사들이 연이어 이어지고, 조절되지
않은 환자들의 증상을 주치의에게 알리고 추가적인 중재를 하고,
또 어느 이는 퇴원을 하고, 주사를 빼고 퇴원 절차를 설명한다.

어느 절차와 순서에 의해 정련하게 수행되는 것만 같지만, 이런 과정이 적어도 몇 명의 아픈 이에게 동시에 이행되어야만 주어진 시간 내에 마칠 수가 있다. 그러는 와중 갑작스럽게 소리를 지르는 이들이 내 모든 업무를 마비시키고 만다.

"아, 아무것도 정리되지 않음에도 어떻게 일이 이렇게 많을 수가 있는 거지?"
"그렇게 많은 일을 했는데도 어떻게 이렇게 흔적 하나 남지 않을 수 있는 거지?"
혼잣말을 하니 옆에 있던 일반외과 의사가 "아, 정리는 되고 사람이 와야지. 나보고 도대체 어떡하라고⋯⋯"라며 혼잣말을 한다. 가까이 있는 서로에게 보이지 않는 위로를 나누며 옆을 돌아보니 그녀는 울고 있다.

아, 나도 울고 싶다. 진짜.
나 대신 울어주는 그녀가 오히려 고맙다.
성숙해지고 싶었던 나는 오늘도 성숙해지지 못했고 사람들의 눈

빛을 잘 읽는 사람이 되고 싶었는데 어느 순간 나는 그 눈빛을 외
면하는 사람이 되어버렸다.
이렇게 오늘 하루가 간다.

떨어진 과자 부스러기처럼

인수인계를 받고 일을 시작하려는데, 두세 명의 간호사가 환자 카트를 이동시키고 있다. 이동하는 자리로 보아 곧 내가 맡아야 할 환자로 보인다. 분주하게 모니터를 연결하는 모습을 보면서 침상에 누워 있는 환자의 컨디션을 예측해본다.

중앙구역으로 이동한 것은 혈압이 급격하게 저하되거나, 패혈증 이거나, 죽음이 임박했거나, 기도 내 삽관 또는 고유량산소요법 을 적용할 예정이거나, 뇌혈관 장애(뇌출혈이나 경색), 안정되지 않은 심혈관 장애, 갑작스러운 의식 변화 등의 상황일 것이다.

"휴~" 하고 큰 숨을 쉬어본다. 그나마 기대했던 빈자리 하나가 채워지는 순간 가슴이 답답해진다. 또 얼마나 어려운 환자일까.

곧이어 직전까지 담당이었던 간호사가 인수인계를 위해 헐레벌 떡 내게 다가온다. 푹 숙인 고개, 표정 없는 얼굴, 마스크로 가렸 지만 상기된 볼은 가릴 수 없다.

그는 올해 새로 일을 시작한 남자 간호사다. 그는 얼마 전에 "선 생님은 왜 14서 병동에서 내려오셨어요?"라는 질문을 해서 나를 놀라게 했다. 100명 남짓한 수많은 간호사 중에 내가 병동에서 온 것을 신규 간호사가 알 거라곤 상상도 못 했는데 그는 어떻게 알고 있었을까?

연이은 내 질문에 그는 학생간호사로 실습하던 때, 내게 교육을 받았다고 했다. 같이 일했던 간호사와 파트장님의 이름을 기억하며 병동 사람들의 안부를 물었다.

"그러면 14서 병동으로 지원해야지, 응급실로 오다니! 배신자네, 배신자!"라는 내 타박에 그는 수줍게 웃었다.

"2지망으로 지원 썼었어요. 헤헤……. 1지망은 응급실이었지만."

반가웠다. 사실 기억에서 잊힌 조각이었는데 이렇게 나를 기억해주는 이가 한 명 있다는 사실이 기뻤다. 그는 학생 시절 보았던 내가 어떤 간호사였는지 길게 이야기하지 않고 수줍게 미소 지으며 말했다.

"그래도 이 병원에 온다는 약속은 지켰어요."

그랬던 그가 내 옆에서 고개를 푹 숙이고 있다. 인수인계를 위해 내 옆에 어정쩡하게 구부려 앉아 한숨을 쉬고 있다.

"제가 잘 돌보지 못한 것 같아요."

꼭 고해성사 같다. 객관적으로 보면 단순히 질병의 악화였을 뿐이었음에도 그는 모든 책임을 자신에게 돌리고 있다. 두 손으로 머리를 쥐며 고개는 아까보다 더 아래로 숙여진다. 시선이 바닥에 고정되고 '제가 더 잘 봤어야 하는데……'라며 속삭이는 혼잣말이 들린다. 화면에 표시된 객관적 환자 정보를 앞에 두고 그의 고백성사를 듣고 있자니, 그가 앞으로 겪을 수많은 책임이 무겁게 느껴진다.

그 책임에 대해선 나도 안다. 나는 그에게 수고했다고 말하고, 등을 두 번 두드리며, 속으로 그가 오늘 밤에 잘 잘 수 있기를 빈다. 주머니 속 영수증처럼, 떨어진 과자 부스러기처럼, 잘린 손톱처럼 지금의 감정들이 조용히 버려지길 빈다.

아무 일도 일어나지 않는 게 하루의 목표가 되어 간다. 그런데 응급실이라는 공간에서 아무 일도 일어나지 않는 게 가능할까.

크리스마스이브

지금 내가 가장 원하는 한 가지는 크리스마스이브 날 가족 모두 모여 케익 한 조각씩 나눠 먹으며 이런저런 이야기를 나누며 각 자 준비한 선물을 나누는 일이다.

특별한 날. 가족과 함께 있고 싶은 게 내 바람이지만 올해도 내 바람은 이루어지지 않았다. 언제쯤 나는 거룩하고 고요하고 깊고 환한 성탄을 보낼 수 있을까. 이렇게 나의 스물아홉이 간다.

거룩하지도 않았고 고요하지도 않은, 그렇고 그런 병원에서의 스 물아홉 번째 성탄절. "메리 크리스마스"라고 말한 이는 아무도 없었다.

크리스마스이브. 밤을 보내는 동안 환자들은 계속 아팠고 열이 났고 가래가 끓었고 어떤 이는 새벽에 응급실을 통해 입원을 했 다.

누군가에게는 수술을 기다리는 시간이었고 또 누군가에게는 잠 이 오지 않아 병동을 서성이는 시간일 뿐이었다. 누군가의 탄생 을 기뻐하는 이는 없었다.

죄책감

주치의와 이송원과 나는 환자의 침대를 끌기 시작했다. 침대 위
에는 환자와 다리 사이에 환자감시장치, 산소, 암부백과 급하게
올려놓은 환자의 짐이 있었다. 환자의 양 손목은 억제대로 감싸
있었고, 침상 난간에는 패드가 걸쳐 있었다.

서둘러 이동하는 와중에 환자감시장치에서 울리는 알람 소리로
환자의 상태가 짐작 가능했다. 환자의 의식은 뇌실 복강 단락술
을 시행한 후에도 더욱 악화되었다. 소변량은 감소했고 혈액 수
치는 환자의 적신호를 나타냈다. 서둘러 환자는 중환자실로 이동
해야 했다.

중환자실에서 환자 침상을 옮기고, 중환자실 간호사에게 인수인
계 한 후 혼자 문을 열고 나와 보니 그제야 보호자의 모습이 눈에
들어왔다.

보호자는 아들과 함께 중환자실 앞 복도에 쭈그려 앉아 울고 있
었다. "중환자실에서 정리되고 나면 불러드릴 거예요"라고 마지
막으로 말을 전하고 나는 그 자리를 떠났다. 그리고 얼마 지나지
않아 들려온 환자의 임종 소식…….

시간이 지나 환자의 모습은 흐릿해졌지만, 복도에 앉아 눈물 훔치던 보호자의 모습이 애처롭게 떠오르는 건 아마도 그날 더 다정히 말을 건네지 못한 내 죄책감 때문일까.

이곳에 어울리는 사람

응급실에는 소설 같은 인생이 하루에도 여러 번 찾아온다.

\# 응급실 발령 첫날, 병원 복도에서 우연히 마주쳤지만 뇌실 내
　출혈로 한 시간 뒤에 응급실에 누워계셨던 할머니

\# 갑작스레 백혈병 진단을 받은 임신 7개월 차 임신부

\# 가정 형편이 어려워 병원에 자주 오지 못했는데, 갑작스러운
　간 부전 소식에 간이식 비용을 고민하는 40대 여성

\# 유전병 진단을 받은 아들 곁에 있던 부모님

\# 집에 혼자 있어 3일 동안 대소변을 가리지 못하고 집안을 기어
　다녀 온몸에 상처와 대소변을 묻혀온 할아버지

\# 식도암 치료 중에도 암 크기 증가와 림프절의 전이 소식을 듣
　고 그 옆에서 기절한 보호자

\# 하지 위약감의 원인을 찾지 못해 여러 병원을 전전하는 아줌마

\# 감기약 복용 후 갑자기 쇼크로 내원한 젊은 여성

\# 치료, 검사 받은 후에 돈 안 내고 그냥 가겠다는 깡패 아들

\# 산에서 버섯을 먹은 후에 갑자기 의식불명과 환각으로 온 아저씨

\# 항암치료 중 열이 나서 온 분, 구토와 복통으로 온 가족, 허리

가 아파서 온 할머니, 혈뇨, 가슴 통증, 숨이 가쁜 이…….

어느덧 한 달 하고 13일째 되는 날. 나는 수십 아니, 어쩌면 수백 명의 인생과 마주쳤지만 안쓰러운 마음도 기쁜 마음도 슬픈 마음도 들지 않을 만큼 하루하루 정신없이 보내고 있다. 하루가 끝난 뒤 드는 생각이라곤 '아, 오늘도 드디어 끝났구나'라는 안도감뿐. 허둥거리고, 실수하고, 느리고, 전전긍긍하고…… 기대와는 먼 내 모습이 실망스럽고 답답하다. 좋은 마음이 좋은 마음을 낳는다는 믿음이 있었지만, 겉으로 짓는 미소와는 다른 속마음은 피곤과 긴장으로 가득 차 있다. 이렇게 2016년의 가을엔 몸이 부서지고 있다.

한 번씩 뜨끔 찾아오는 질문.
나는 왜 이곳에 있나? 나는 이곳에 어울리는 사람인가?

오늘도 기대와는 다른 내 모습을 보며, 나는 오늘 또 나에게 실망을 했다. 앞으로 내가 잘 견딜 수 있을까.

포기에 박수를

테니스 선수 정현의 인터뷰와 발 사진을 보고 나는 생각한다.
내가 아픈 줄도 모르고 지나갔던 시간에 대해 생각한다. 나에 대
해 알지 못하는 나는 그래서 어제보다 오늘 더 앓는다. 얼마나 내
가 더 많이 아파야 노력이라는 단어가 지겹지 않아질까.
또, 배운다. 이렇게 나는 남을 보고 배운다.

나는 나에 대해 너무 모르는구나.
나에 대해 더 많이 알아야겠구나.
아프고 힘들면, 그래, 포기할 줄 알아야겠구나.

포기라는 단어가 씁쓸하지 않다. 여덟 번째 게임을 이어가는 동
안 그가 얼마나 아팠을지 생각한다. 노력했고, 최선을 다했고, 그
리고 아프지만, 어느 순간 포기할 줄도 알아야 한다. 혹여 그 순간
이 전 세계 모든 이가 주목하고 가장 사랑하는 이가 응원하는 순
간일지라도. 그게 더 나를 위한 결정이고 더 나은 내일을 위한 선
택일 것이다.
오늘의 아쉬움은 내일의 기대감으로 대체한다. 매년, 매달, 매일,

매초 항상 노력만은 할 수 없으니까. 가끔은 나에게 쉴 수 있는 시간을 주는 것도 나를 위한 결정이니까.

왜 아픈 이들은 남을 더 아프게 할까. 아픈 이들은 오히려 다른 이들이 아프다는 것을 이해하지 못하는 듯하다. 아픈 이가 가득한 응급실에서 모든 사람이 자신만을 강조한다. 열네 명의 환자를 보는데, 열네 명 모두 나만 봐달라고 아우성친다. 아픈 이 한 명을 보기 위해 한 걸음을 걸을라치면, 지나가는 걸음마다 아우성이 하나씩 늘어간다. 걸음을 이어 나갈 수가 없다. 그렇게 나는 늘 걸음을 멈추고 만다.

내가 멈춘 걸음에는 온갖 짜증과 손찌검, 고함이 가득하다. 나는 그런 아픈 이들의 행동에 상처를 입는다. 아무도 나의 상처에는 관심이 없다. 심지어 나조차도. 그렇게 내가 아픈 줄도 모르고 하루를 보낸다.

어제, 아픈 직원이 근무복을 입고 응급실에서 수액을 맞고 있었다. 수액을 맞는 직원은 검사 결과가 나오는 두 시간을 기다릴 수 없어 모든 검사를 거절했다. 진통제 하나와 수액 하나를 맞고는 쫓기듯 다시 돌아가 일을 해야 한다고 했다. 그 모습을 보고 어느 환자가 말했다.

"아니, 간호사도 아파요?"

우리는 그렇게 일한다. 몸도, 마음도 아픈 줄도 모르고.

엊그제도, 어제도, 오늘도 나는 내가 할 수 있는 최선을 다했다. 아픈 이들을 보면서 나는 내가 언제쯤 포기해야 할지 생각한다. 평생 간호사로 환자 편에서 살 줄 알았는데, 이런 신념이 발휘되지 못하는 나를 보며 오히려 그게 아픈 이에 대한 예의가 아닌 것 같다.

언젠가 있을 나의 포기에 응원을 보내며 모든 아픈 이들에게 행운이 있기를!

 hyeon519 ✔ · 팔로우

hyeon519 .
Tonight, I tried very hard to bring my utmost
energy to the tennis court as usual.
However, I had to make a tough decision
given that I cannot compete 100% against
Roger, in front of many tennis fans. Please
understand. I wish all the best luck for
@rogerfederer in the finals.
오늘 저녁 제가 할 수 있는 최선을 다했습니
다.
경기를 포기하기 전 많은 생각을 했습니다.
많은 팬분들 앞에서,훌륭한 선수 앞에서 내가
100%을 보여주지 못 하는건 선수로서 예의
가 아닌거 같아서 힘든 결정을 내렸습니다.
며칠 뒤에 있을 결승전에 로저 패더러 선수에
게 행운이 있기를!

댓글 더 보기

linas.brazionis @carinaalessi
jiji2788 항상 잘보고 있습니다~ 페더러의 빅

좋아요 58,369개
1월 26일

댓글 달기...

···

여름은 끝나고

위기는 어떻게 그 순간을 지나느냐에 따라 기회가 되기도, 절망이 되기도 한다.

스스로 절망의 시기라고 느꼈던 6월, 7월, 8월(아직도 난 메르스가 밉다). 그 시기에 누군가는 기회의 시간이 되었다.

나 스스로 너무 많은 생각과 알 수 없는 감정의 소용돌이 속에서 절망과 불안과 슬픔과 체념으로 가득했던 그때.

누군가에게는 온 힘으로 과거의 차트 스캔들을 돋보기 프로그램으로 확대해서 하나하나 디지털화시켜서 데이터를 정리하며 논문 서브미션을 준비하는 시간이었고, 누군가에게는 원고 완성 후 원문 교정을 하는 시간이었고, 또 다른 누군가에게는 새로운 공부를 시작하는 시기였다.

고된 시간을 지나 보낸 지금.

나에게는 그 시절 느낀 몹쓸 감정이 액화되어 아무것도 남아 있지 않지만, 그들이 그때 투자한 시간과 열정, 그 노력이 지하에 묻히지 않고 세상의 빛을 바라는 것을 보면서 괜스레 나의 동료임에 대견해진다.

내가 주위 상황에 너무 쉽게 동화되고 만다는 약점을 다시 한 번
느낀다. 중심을 잡을 필요가 있다. 앞으로의 내가 어떤 방향으로
성장해야 하는지를 생각해본다.

지나고 보면 추억이 된다

병원 안 24시간 편의점이 메르스 기간 동안 문을 닫았다. 밤을 새
는 의료진을 의해 편의점에서 커피를 무료로 제공했다. 서로에게
위로가 되는 시절이었다.

지나고 보면 추억이 된다.
아직도 난 터널을 지나고 있는 것 같지만
시간이 지나면 이 순간도 곧 추억이 될 거다.

아직 끝이 아니다

오늘은 본래 나의 병동이 방역(훈증 소독)으로 폐쇄를 하는 날이기도 했고, 또한 다른 병동에서 일을 시작하는 첫날이기도 했다. 흔히 사용하는 A4 용지는 물론이고, 주사기의 위치 또한 익숙하지 않았다. 병동의 구조가 달라 내 근무 일지표에 병실 구조를 그려 동선 파악을 하기 시작했고, 그렇게 다른 병동에서의 첫 나이트 근무가 시작되었다.

"따르릉 따르릉!"
전화벨 소리가 울리고 심장이 두근거린다. 오늘 같은 날은 전화가 울릴 때마다 심장이 멎을 것 같다. 수화기를 들기 전에 심호흡을 깊게 쉰 후에 마음속으로 '제발……'하고 되뇌며 전화를 받는다.
"정성을 다하겠습니다. ○○간호사 박유미입니다"라는 말이 끝나기가 무섭게 상대방의 목소리가 들린다.
"○○호에 응급실 환자 배정하겠습니다."
혹시나 했지만 역시……. 벌써 네 명째 환자 입원이 결정되었다. 근무를 시작한 지 두 시간도 채 지나지 않아 응급실 대기 입원 환자가 네 명이나 배정되었다.

"다른 병동은 없나요? 저희 인력이 없어서 환자 받을 능력이 도저히 안 되는데요."

"유증상 환자 입원 병동은 그쪽밖에 없습니다. 입원 예정에 넣겠습니다."

뚜…… 뚜…….

근무자가 세 명이었고, 응급실 입원 대기 환자는 네 명이었고, 이외 현재 입원해 있는 환자가 여섯 명이었다. 우선 근무자 한 명씩 응급실 환자를 받기로 했다.

내가 먼저 입원을 받기로 한 환자는 열을 주 호소로 온 남자 환자였다. 새벽 1시에서 2시경 메르스 격리 지침에 따라 환자를 격리 병상에 모시고, 보호장구를 착용 후 병실에 들어가 병실 안내와 병력 청취가 이루어졌고 당직의의 처방대로 추가적인 처치(정맥관 확보, 검체 획득), 활력징후 측정이 이루어졌다. 심장박동 수가 120대로 수액 주입이 계속되었고, 환자는 피곤한지 곧 침상에서 잠을 취하기 시작했다. 다행히도 열은 나지 않았다.

나뿐만 아니라 13년 입사 간호사와 14년 입사 간호사도 각자 한 명의 환자의 입원과 처치를 담당했고 마지막 한 명의 환자가 곧 올 차례였다.

"선생님, 제가 받을게요……"라고 말하는 후배 간호사의 말에 힘이 없음이 느껴진다.

"됐어, 내가 받지 뭐……."

나는 후배가 부담되는 게 싫어 또 자신감 없는 말투로 후배에게 이렇게 말한다. 곧 응급실 전화가 울린다.

"언제 받으실 거예요? 선생님, 응급실 대기 시간 모르세요? 빨리 받으셔야죠."

날카롭고 짜증 섞인 응급실 간호사의 말투가 귀에 거슬린다.

"저희가 인력이 도저히 없어서 그래요."

사정을 이야기해도 응급실 간호사의 귀에 들어갈 리는 만무하다. 심장박동 수 120대인 환자와 기침과 고열에 시달리는 다른 환자들을 뒤로하고 응급실 환자를 또 받아야 한다니.

"알겠어요, 선생님. 올려 보내주세요."

나는 수돗물처럼 무미한 말투로, 싸움에 진 사람의 말투로, 어떻
게 보면 애련한 음성으로 대답한다.

그렇게 몇 분의 시간이 지나고 이송원과 함께 파란 가운을 입은
(응급실에서 올라온) 환자가 병실로 들어갔다.

이내 곧 나도 마스크를 쓰고, 모자를 쓰고, 가운을 입고, 장갑을
끼고, 슈즈커버를 신은 후 06호로 들어가 환자에게 기본적인 입
원 생활 안내와 격리에 대해 설명했고, 병력 청취가 이어졌다. 환
자는 피곤한지 누워서 설명을 들으며 대답을 해줬고, 본인의 사
인도 곧잘 해냈다. 이후 혈압 측정을 위해 수동형 혈압계로 혈압
을 측정하려는데, 뭔가 이상하다. 너무 맥박이 약하다. 몇 번을 재
어봐도 혈압이 너무 낮다. 바로 콜벨을 바로 눌러 말한다.

"여기 환자감시장치 좀 넣어주세요"

환자감시장치로 환자의 심장 리듬을 확인한 후 혈압을 다시 측정
하니 수축기 혈압이 60대다. 예상치 못한 상황이다.

서둘러 가운을 벗고 병실 밖으로 나와 당직의에게 알리고 13년
입사 간호사를 병실로 들여보내 정맥관 확보를 부탁했다. 그 사

이 당직의는 환자 이력을 파악해 추가적인 검사들이 났고 나는 추가 검체들의 바코드를 붙일 검체 바틀을 찾기 시작했다. 익숙하지 않은 병동…. 10개가 넘는 검체 바코드들……. 바틀의 위치조차 헷갈렸다. 그렇게 해서 찾지 못한 검체 바틀은 원래 나의 병동인 2층을 뛰어 올라가 찾아와야 했다.

검체를 내리고, 정맥관을 확보하고, 처방에 따라 수액을 주입하면서도 환자의 혈압은 오르지 않았다. 당직의는 "도뇨관 준비해주시고, 도파민 달 수도 있으니 추가 정맥관 확보해주세요"라며 구두 처방을 낸다.

13년 입사 간호사가 정맥관 확보를 시도했지만 실패했고 나는 또 가운을 입고 병실에 들어가 정맥관을 잡고 다시 병실에 나와 도뇨관 세트를 찾기 위해 또 다른 숨바꼭질을 했다. 검사와 처치가 이루어지고 이내 환자는 입원한 지 두 시간도 지나지 않아 패혈증이 의심되어 ICU 입실이 결정되었다.

13년 입사 간호사가 병실에서 환자의 상태를 보는 동안 나는 전동 준비를 위한 인계, 중환자실 전화, 이송을 위한 초밤번 파트장 연락, 이송상황실 연락, 보호자 연락을 했고, 마지막으로 환자가

착용할 가운과 마스크와 장갑, 슈즈커버를 병실 안으로 넣어줬
다.
몇 분이 지나고 이송원과 함께 파란 가운을 입은 (방금 입원한)
환자가 중환자실로 전동을 갔다.

그렇게 한 명의 환자가 떠나고 나니 아홉 명의 환자가 남아 있다.
당직의는 "아까 심장박동 수 120대인 환자는 지금은 어때요?"라
고 묻는다.
아…. 아직도 끝은 아니구나. 나는 또 다시 시작이다.
고개를 돌려 밖을 보니, 어느새 창틀 사이로 해가 밝아온다.

오직 아픈 이들과
함께 보낸 두 달

하루하루를 보내면서 두 달이라는 기간이 1년처럼 길게 느껴졌
다. 지나고 보니 나에게 두 달은 하루처럼 짧게 느껴졌다.
나는 격리대상이 아님에도 아픈 이를 간호한다는 이유로 친구 한
명 만나지 않았고, 모임에도 나가지 않았고, 학교 수업에서 제외
되었고, 가족 여행은 취소되고 말았다.

두 달 동안 내가 만난 사람은 오직 '아픈 사람들'뿐이었다.
숨쉬기 어려운 이, 면역력이 급격히 저하되어 열이 나는 이, 퇴원
이나 전원을 가지 못해 어쩔 수 없이 남을 수밖에 없는 이…….
그렇게 마주한 아픈 이 중에는 마스크로 얼굴의 반을 가렸음에도
"선생님은 그때나 여전하시네요"라고 말하며 3년 만에 만나 안
부를 묻기도 했고(나는 알아보지 못했다), 어떤 이는 어쩔 수 없이
갇혀 있는 것에 관해 불만을 토로하기도 했고, 호흡곤란이 너무
심해 내가 보는 것만으로도 마음이 안타까운 이도 있었다.
오직 아픈 이들과 함께 보낸 두 달.
나는 자유롭지 못했고, 행복하지 않았다. 관용적인 사람이 되지
못했고 유연해지지 않았다. 가족과 이웃들과도 잘 지내지 못했고

눈매는 그윽해지지 않았으며, 생기발랄하지 않았고, 창의력과 상
상력은 바닥을 드러냈다. 이게 간호사의 숙명인가보다.

억울해하지 말 것. 삶이 반복되는 게 세상살이다.

마음을 쓰다듬는 말

공기 하나 통하지 않는 옷 속에 갇혀, 몸이 내뿜는 열감이 고스란히 나에게 느껴진다. 이것은 마치 42도에 육박하는 찜통더위를 느끼게 한다. 속옷이 점차 눅눅해지고, 속옷 사이로 가슴 한가운데 땀방울 하나가 흐르는 게 느껴진다.

"후유- 후유-"

더위를 잊으려 깊게 심호흡을 해보아도, 새로운 숨이 아닌 오롯이 나의 숨을 다시 들이마시는 것처럼 느껴진다. 비릿한 것이 아마도 이게 이산화탄소의 냄새가 아닐까 싶다.

답답하다. 빨리 벗어나고 싶다는 생각뿐. 일의 진전이 없다. 언제부턴가 보호안경 전체에 뿌옇게 김이 서려 형체만이 보일 뿐이다. 몸의 열기가 더해갈수록 안경 안의 서린 김은 몽글몽글 방울을 이루고, 그 사이에서 나는 장갑을 두 겹으로 끼고 혈관을 잡기 위해 애를 쓴다.

생각보다 일이 수월하지 않다는 생각과 함께 정맥관을 잡기 위해 고군분투를 하는 와중에도 둔감해진 손의 감각과 시력을 잃어버린 눈은 쉬이 익숙해지지 않는다. 환자와 간호사 사이에는 긴장감이 흐른다. 또다시 등과 머리카락 사이 어딘가에 흐르는 땀이 느껴진다.

"죄송해요……."

몇 번의 실패를 하고 간호사는 또 죄인이 되어 같은 말을 되풀이하며 다른 혈관을 찾으려 시도한다.

환자는 미소를 띠며 "괜찮아요. 선생님. 제가 대신 혈관 찾아드릴게요"라고 말하고는, 본인의 팔 군데군데를 눌러보며 한 부위를 짚어준다.

요즘 누구에게도 받지 못한 위로다.

무기력하고, 슬프고, 안타까운 나날을 보내는 와중에 내가 원했던 것은 따뜻한 말 한마디와 위로였는데, 바로 아픈 이의 말 한마디 속에 녹아 있었다. 넓고 두껍고 단단한 마음을 가진 아픈 이의 마음이 움츠러든 내 마음을 따스하게 쓰다듬어 준다.

"고마워요"라는 말 한마디 했으면 좋았을걸. 나는 왜 그 말 한마디조차 하지 않고 나와 버렸을까. 나는 아픈 이보다 작고 허기가 가득한 가슴을 가졌나 보다.

간호사의 기도

두려움에 빠진 이들에게 두려움을 이겨낼 힘을 주세요. 이 두려움이 너무 커져버려 저 또한 죄인이 되고 말았네요.
죄 아닌 죄를 얻어 저와 저희 동료에게 주홍 글씨가 새겨져 가슴 아픈 일이 너무 많이 벌어지고 있고, 하루하루 가슴 아픈 소식만 들려옵니다.

언제쯤 이 주홍 글씨를 벗을 수 있을까요.
제가 하는 일이 저 자신과 가족에게 죄를 짓고 있는 것처럼 느껴지네요. 제가 지금 하는 일을 후회하지 않도록, 제가 보는 환자들을 미워하지 않도록 꼭 제 옆에 손잡아주시고 안아주세요.
저에게 용기를 줄 거라 믿었던 다른 학우와 친구들에게 외면당하고, 저(와 가족)의 당연한 권리들을 잃어버리며 이렇게 지내는 것이 너무 가슴 아프고 슬프고 외롭습니다.

부디,
부디,
제가 죄인으로서의 본분을 지키기 위해 저 또한 두려움을 이겨낼

수 있는 용기를 주시고

저를 죄인으로 만들어버린 이들을 제가 이해할 수 있게 도와주시고

제가 돌보는 환자들에게 병을 이겨낼 힘을 주세요.

나는 오늘도 출근한다

나는 오늘도 출근한다.

한적한 병원. 새벽 4시를 방불케 하는 적막함. 지나가는 사람 하나 없는 오후의 병원 풍경.

갑자기 눈물이 떨어진다.

교수님, 전공의의 대다수, 간호사의 다수가 출근하지 못해 최소 인력으로 하루하루를 버티는 요즘, 내가 출근하지 않으면 나를 대체할 사람이 없어 더 힘들 동료들과, 아직 입원해 있는 환자들을 생각하며 집을 나서긴 했지만 떨어지는 눈물은 참기가 힘든가 보다.

아, 그래도 오늘은 일하면서 울지는 말아야 할 텐데.

잠

내 잠 속으로 들어와요. 저는 이제 누워 있어요. 집 안의 불을 모조리 껐어요. 남아 있는 건 웅웅거리는 냉장고 소리뿐입니다.

이전에 내 잠으로 들어온 적이 있죠? 몇 년 전이라 기억이 가물거려요. 그러니 오늘 잠 속으로 들어와 그게 진짜였는지 가짜였는지 저에게 말해주세요.

그렇게 만나면 나는 또 설렐 것 같아요. 살랑거리는 마음으로 며칠을 보낼 수 있겠죠. 너무 고마울 거예요.

올 해 는 도 망 칠 수 있 을 까

소아응급실의 오감도

13인의아해가부모의손에이끌려응급실로질주하오.

(응급실로가는길은막다른골목이적당하오)

배가아픈제1의아해가무섭다고그리오.

토를하는제2의아해도무섭다고그리오.

열이나는제3의아해도무섭다고그리오.

토를하는제4의아해도무섭다고그리오.

열이나는제5의아해도무섭다고그리오.

열이나는제6의아해도무섭다고그리오.

몸이부은제7의아해도무섭다고그리오.

열이나는제8의아해도무섭다고그리오.

기침하는제9의아해도무섭다고그리오.

설사를한제10의아해도무섭다고그리오.

열이나는제11의아해도무섭다고그리오.

관이빠진제12의아해도무섭다고그리오.

항암중인제13의아해는무서운아해와무서워하는아해와그렇게뿐

이모였소.

(아프지않은것이차라리나았소.)

그중에배가아픈1인의아해가무서운아해라도좋소.
그중에열이나는2인의아해가무서운아해라도좋소.
그중에토를하는2인의아해가무서워하는아해라도좋소.
그중에설사를한1인의아해가무서워하는아해라도좋소.
(응급실로가는길은뚫린골목이라도적당하오.)
13인의아해가응급실로질주하지아니하여도좋소.

하루도 같은 날이 없다. 모든 하루를 기록하고 싶었는데 어제조
차 기억이 나지 않는다. 하루가 일상이 되어 특별한 일에도 무덤
덤해졌다. 한 명이라도 더 기억하고 싶었는데 기록되지 못한 이
들에게 미안하다. 기억에 남는 건 아이들의 울음소리뿐.
엊그제도 어제도 많은 아이들을 울리고 말았다. 하루 종일 시달
렸더니 일을 마치고 난 후에도 울음소리가 귀에서 윙윙거린다.
오늘 입은 외투 주머니 안에는 어제 본 소녀가 준 청포도 사탕 하
나가 손에 쥐어 있다. 그 소녀의 수줍은 미소가 떠올라 피식 웃음
이 난다. 고마워, 꼬마 숙녀.

오늘 나 참 수고했다

어느새 해가 떠오른다.

아, 그래, 이렇게 하루가 가는구나. 그래도 내가 오늘은 헛되이 살지 않았구나. 오늘은 남에게 해가 되는 일을 하진 않았구나.

가치 있는 일까지는 바라지 않아도, 그래도, 그래도 하늘 아래 부끄러운 일은 하지 않았구나.

오늘 나 참 수고했다.

하루가 참 짧다.

4장

조금 더 행복한 쪽으로

월급날

승진을 했다. 월급이 살짝 올랐다. 월급날이 되면 스투키와 타이거 산세베리아, 이름 모를 선인장에 물을 준다. 그런 의미에서 21일은 우리 집 식물들도 월급을 받는 셈이다. 월급이 살짝 올랐으니 식물들에도 보너스를 줄까.

밖을 보니 해가 따뜻하게 느껴진다. 겨울 내내 햇빛이 들지 않은 곳에 있던 식물들이 안쓰럽게 느껴져 햇빛이 제일 잘 드는 창가로 옮겼다. 식물도 봄을 느낄 수 있을까. 3월의 봄. 조금 춥진 않을까. 아니야, 이 정도면 이 아이들도 참을 수 있겠지. 일교차가 심한 밤에는 방 안으로 좀 들여놔야겠다.

한 달 만에 보는 식물은 조금 더 자라 있다. 선인장의 가시는 두껍고 날카로워졌고, 스투키와 타이거 산세베리아 바로 옆에 푸릇한 새싹이 자라고 있다. 엄마 손을 잡고 자라는 어린아이 같다. 새싹은 분리하라고 들었는데 조금은 더 두고 볼 생각이다. 새싹을 혼자 두기엔 연두색이 너무 여려 보인다. 한 달 동안 변화가 없는 것 같았는데 이렇게 성장하고 있었다니. 자꾸 월급날이 기다려진다.

일상의 변화

집에 있는 것들을 버리기 시작했다.

오래된 장식장을 버렸다. 몇 년째 책장만 지키고 있던 전공 서적을 버렸다. 다 읽은 소설책은 중고서적에 팔거나 작은 도서관에 기증했다. 잘 사용하지 않아 묵은김치가 잔뜩 있는 김치냉장고는 중고나라를 통해 나눔했다. 잘 사용하지 않는 이불은 헌옷 수거함에 넣었다.

손이 가지 않는 샘플 로션, 샴푸, 색조화장품은 과감하게 버렸다. 현관에 세워두었던 전신 거울은 갑자기 깨졌고, 행거도 갑자기 무너져버려 버릴 수밖에 없었다. 장식장처럼 공간을 차지하는 옷들은 스타일에 따라 엄마 친구나 동생 후배에게 주었고, 남은 옷은 헌옷 수거함에 버렸다.

오래되어 까칠해진 수건을 버리고 서랍에 있던 새 수건을 꺼냈다. 사용하지 않아 늘어나버린 머리끈, 나오지 않는 펜, 말라버린 풀, 8개나 되는 손톱깎이, 늘어난 속옷, 한 개씩 남아 있던 컵을 정리했다. 한쪽 다리가 기울어져 삐거덕거리던 의자도 버렸다.

참 많이도 버렸다. 반은 버린 것만 같다. 그런데 허전한 느낌이 들지 않고 물건들이 제자리를 찾은 것만 같다. 청소하기가 수월해졌고, 집이 조금 더 따뜻하고 편안하고 안락해졌다. 집에 있는 시간이 늘어났다.

요리에 관심이 가기 시작했다.

조금 더 건강한 음식을 먹고 싶었다. 서점에 가서 요리책을 한 권 샀고, 요리책을 들고 동네 마트로 갔다. 한 페이지를 열어 그 페이지 안에 있는 재료들을 하나씩 골랐다.

맛술이 뭔지, 참맛타리 버섯이랑 느타리버섯은 같은 건지, 냉장고에 있던 매실청은 도대체 언제 사용하는 건지 갑자기 궁금해졌다. 엄마에게 전화하는 횟수가 늘어났다. 고사리나물 볶음을 하려고 한우를 샀다는 말에 엄마는 "요리책대로 하면 너 돈 엄청 들 텐데"라며 웃으셨고, 갓김치 끝내주게 담가 놓았다며 가지고 가라고 하신다.

팍팍 무친 콩나물무침도 처음 만들어보고, 이전에 실패했던 계란찜도 다시 시도해보고, 소고기 장조림같이 만들기 어려워 보이는 메뉴도 한번 만들어봤다. 처음이라 그런지, 동생은 한입 먹고는 더 손을 대지 않았지만 나는 건강한 음식이라는 핑계로 한 끼를 해결했다.

집 앞에 있는 단골 국숫집에 가니 "요즘 요리한다며? 아줌마도 좀 먹어보고 싶네"라고 하신다. 어디에 내놓기 부끄러운 실력을 동생이 동네방네 소문을 내놓은 모양이다. 나는 "아, 아직은 내놓기 부끄러운데…"라며 아줌마가 만들어주신 음식을 한 그릇 비운다(솔직히 아줌마가 만들어주신 음식이 더 맛있다).

평상시에 하지 않던 고민, 오늘은 어떤 음식을 해먹을까 하는 고민이 생겼다.

가벼운 차림으로 외출하기 시작했다.

스타킹, 치마, 높은 구두, 색조 화장, 귀걸이를 집에 두고 가벼운 차림을 한다. 오늘은 아무 무늬가 없는 회색 면 티셔츠에 흰 바지를 입고 베이지색 카디건 하나를 걸치고 적당한 높이의 편한 구두를 신었다. 스킨, 로션, 선크림과 적당히 톤을 개선하기 위해 파운데이션 소량, 그리고 붉은 립스틱을 바르고 에코백에 가즈오 이시구로의 《나를 보내지 마》 책 한 권을 넣고, 노트북 하나를 들고 나왔다.

몇 시간 후면 지워져버릴 화장에 시간을 보내지 않았고 거울을 보는 횟수가 줄었다. 걸음이 편해져 평상시에 안 걷던 거리도 걷게 되었다. 웃는 게 편해졌고, 물을 더 많이 마셨다. 얼굴에 가식은 줄고 생동감이 생겼다.

의미 없는 약속들은 잡지 않았다. '오늘은 어떤 약속을 잡아야 하지'라는 고민 대신 지나가버린 어제를 생각하는 시간이 많아졌고 오늘은 어제와 같은 실수를 하지 않기 위해 준비하는 날이 되었다.

어린아이들을 보기 시작했다.

날이 추워지면서 응급실 내 소아구역을 담당했다. 아이들은 어떻게 자라는지, 어떤 질환이 많은지, 투약은 어떻게 하는지, 아이들에 대해 무지한 나는 신규 간호사가 된 듯 떨리는 마음으로 갑자기 소아구역 내 간호사가 되었다.

대학교 때 배운 것 같긴 한데, 거의 10년 가까이 성인에 대해서만 공부했고 성인만 담당했기 때문에 아이들에 대한 지식은 거의 없는 것이나 마찬가지다. 아이를 키워본 적이 없으니 주사를 무서워하는 아이를 어떻게 달랠지, 우는 아이에게 어떻게 해열제를 먹여야 하는지, 존댓말을 써야 할지 반말을 해야 할지, 나도 모르는데 어떻게 무엇을 설명해야 할지도 모른 채 그렇게 하루 만에 소아 담당 간호사가 되었다.

어린아이들은 혈관부터 달랐다. 정맥 카테터를 넣는 각도부터 다르고, 느낌이 다르고, 주로 관을 삽입하는 정맥이 다르고, 검체 바틀을 담는 방법도 달랐다. 주사가 들어가서 피가 맺히기는 하는데 왜 혈액은 안 나오는지……. 실패하고, 실패하고, 또 실패하면서 수십 명의 아이들을 울리고 말았다.

주치의는 처방만 낼 뿐 관심이 없어 보였고 어느 아빠는 욕을 했고 어느 부모님을 눈물을 글썽거렸고 아이들은 계속 울었다. 나는 어쩔 수 없이 굽실거리며 자기 업무로 바쁜 다른 간호사에게 부탁해야만 했다. 정맥 주사팀에 연락하면 '응급실은 원래 가지 않는 곳인데, 요즘 왜 자꾸 전화가 많이 오느냐'며 '문제가 있다'고 화를 냈다. 나는 또 죄송하다며 한 번만 부탁드린다며 또 낮추고 또 낮추었다.

실패가 잦으니 일이 밀리고, 일이 밀리니 속도가 느리고, 속도가 느리니 마음만 탄다. 하루라도 마음 편한 날이 없다. 괜히 응급실로 온 게 아닌지 후회된다.

엄마들은 소아과에 안 가고 왜 바로 응급실로 오는지……. '해열제 한 번은 먹이고 와야 하는 거 아닌가'라며 괜히 아이들을 고생시키러 오는 부모들이 밉다. 내가 만약에 아이를 낳는다면 절대로 응급실로 데리고 오지 말아야겠다고 다짐도 했다.

그렇게 몇 주가 지났지만 아이들은 여전히 나를 보면 울고, 나는 아직도 아이들을 담당하는 게 어렵고 무섭고 부담스럽다. '내일은 아픈 아이들이 부디 오지 않아야 할 텐데……'라는 소원이 하나 더 늘었다.

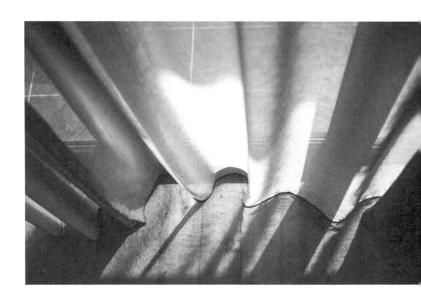

아버지

아버지의 얼굴은 늘 햇볕에 그을려 있었다. 농협 직원이셨던 아버지는 창고에서 마트로 물건을 이송하는 일을 하셨다. 늘 트럭을 타고 다닌 탓에 햇볕에 그을려 얼굴은 건강한 황갈색을 띠었다. 눈가 주름은 날이 갈수록 깊어졌지만, 호탕한 성격에 '오늘을 즐겁게 살자'라는 인생 철학이 묻어 나와 그 주름은 세월의 흔적임에도 밝은 에너지를 내뿜는 것 같았다.

나에게 아버지는 늘 풍요로웠다. 용돈이 필요하다는 딸에게 늘 넉넉한 아버지였다. 어렸을 적 나는 늘 깨끗하고 단정한 옷을 입었고, 필요한 것을 가졌고, 가고 싶은 곳에 갔다. 공부하는 딸들이 안쓰러웠는지 고등학교 3학년 어느 여름 한밤중에는 갑자기 바닷가로 데려다주며 여름 바다 냄새도 맡게 해주셨다.

아버지가 적은 월급을 받고 있다는 것을 알게 된 건 3남매 중 두 명이 사립대학교에 가게 되면서부터다. 오빠가 대학교에 다니고 있었고, 쌍둥이 동생도 수시로 대학교에 합격하자 아버지는 나에게 국립대학교에 가라고 하셨다. 그러면서 미안하셨는지 파란색 키보드형 핸드폰을 사주셨다. 나는 그때 우리 집이 부자가 아니라는 걸 처음 알았다. 그때 왜 그렇게 서운했었는지.

어느 새벽.

내 눈앞에는 35살의 남자가 누워 있다. 그는 오랜 시간 항암과 방사선 치료로 굵고 까만 머리카락이 몇 개 남아 있지 않아 듬성듬성한 머리를 내보였고, 피부가 전체적으로 어둡고 까맸다. 언제 마지막으로 웃어봤을까 싶은 표정을 지으며 그는 응급실의 좁디좁은 간이침대에서 혼자 몸을 가누기 위해 애를 썼다. 다리에 힘이 점차 없어져 황급히 왔지만, 척추 내 종양이 광범위하게 퍼져 있어 마미증후군이라는 진단명을 받았고, 다리의 힘은 근수축마저 없어져버렸다.

"수술 불가. 예후 불량, 방사선 치료 예정"이라는 노트를 보며 나는 창 너머 간이침대에 누운 그를 바라보았다. 그의 곁에는 노부가 있다. 반은 희고 반은 흐릿한 회색 느낌이 나는, 염색 한 번 한 것 같지 않은 머리만을 내어놓고 차갑고 딱딱한 바닥에 얇은 이불을 덮고 누워 있다.

"아빠!"

아들이 부르는 소리에 번뜩 이불을 젖히며 일어났다. 과연 눈을 붙이기라도 했을까 싶은 반응. 그는 일어나자마자 황급히 아들의 발치에 앉아 아들의 발을 주무르기 시작한다. 희끗희끗한 머리를 한 노부의 얼굴에는 나의 아버지보다 더 깊은 주름과 검버섯이 있었고, 피로감이 느껴졌다.

잠에서 깬 노부는 몇 시간 동안 본인이 할 수 있는 한 열심히 아들의 다리를 주물렀고 가끔 깊은 한숨을 쉬었지만, 그 한숨 소리가 작아 표정으로만 느낄 수 있었다. 점점 힘이 없어지는 아들의 다리를 보며 노부는 그가 할 수 있는 최선의 것을 하는 것만 같았다. 나는 간이침대 맞은편 업무 데스크에 앉아 그 모습을 바라보았다.

그 모습에 작은 희망을 바랄 수도 있겠고, 어느 누군가는 안쓰럽게 볼 수도 있겠고, 또 다른 누군가는 열악하고 무능한 인간을 보며 그 한계를 깨고 싶어할 수도 있고, 오히려 불안과 두려움을 느낄 수도 있겠다.

그 모습을 보다가 나는 문득 아버지가 떠올랐다. 아버지는 지금

무얼 하고 계실까. 아버지, 우리 아버지가 조금 보고 싶은 새벽녘

이었다.

아버지, 저는 꼭 건강할게요. 아버지도 꼭 건강하세요.

엄마의 소원

금강이 바로 보이는 길가에 오래되어 보이는 한옥 한 채가 있다.
세 모녀가 나무 계단과 제곡기와 풍금을 지나 그 안으로 들어갔
다. 어머니가 인도하신 그 장소는 간판이 나무에 가려 잘 보이지
않았지만, 그 외형과 소품들을 보니 오래된 찻집임에 틀림없었
다.
두 딸과 어머니가 신발을 벗고 창가 바로 옆에 앉아 낮은 테이블
에 자리를 잡은 후 대추차 세 잔을 주문했다. 대추차는 밝은 햇빛
이 비침에도 어둡고 짙어 보약 같은 색을 띠었으나 그 맛은 달디
달았다. 대추차를 담은 그릇은 직접 빚은 자기 같았는데, 세 그릇
모두 모양이 비슷한 듯 달랐다.
사발 안에 얼마나 많은 정성을 넣었을까 싶은 대추차. 모락모락
김이 나는 대추차를 앞에 두고 어머니는 말을 꺼내신다.

"큰딸하고 이곳에 꼭 오고 싶었어. 엄마가 바라는 단 한 가지는,
유미가 조금 더 편안하게 살았으면 좋겠어. 교대근무도 안 하고
일도 좀 편안한 곳으로."

주말과 휴일이 보장되지 못하는 삶, 잠을 잃어버린 삶, 발을 동동 거리며 보냈을 날들. 딸 집에 갈 때마다 보았던, 늘 지쳐 잠들어 있는 딸의 모습을 보며 어머니는 가슴이 꽤 아팠나 보다. 재작 년까지만 해도 "유미 마음이 중요하지"라며 어떠한 선택도 강요 하지 않으셨는데, 마음이 따뜻해지는 장소에 오니 어머니의 진심 이 드러나는 것만 같다.

"여기 의료원 새로 들어서면 직원도 많이 뽑을 테고, 그러면 엄마 랑 가까이 살 수 있고. 아니면 가까운 세종시에도 병원이 생긴다 고 하더라. 그런 쪽으로 알아보는 건 어떠니?"

이어지는 말씀이 꽤 구체적인 것을 보니 아마도 한참을 생각해두 셨던 것 같았다. 어머니의 표정은 마치 내가 벌써 내려오기라도 한 듯 미소를 지어 보이셨다. 본디 조언보다 지지를 해주시던 분 이었기에, 이런 조언은 뜻밖이었다. 어머니의 사랑이 나를 향해 흐르고 그 따스함이, 그 위로가, 나를 쓰다듬어주었다. 나는 괜스 레 어머니의 넘치는 사랑에 미안해진다.

어머니의 말을 듣고 보니 여러 생각이 든다.

아무도 강요하지 않았는데 나는 왜 이곳, 이 자리를 고수하고 있는 것인지.

어떻게 보면 이것 또한 내 욕심인 건지. 무엇을 놓치고 사는 건 아닌지.

지금 내 모습에 불평이 가득한데도, 늘 행복한 삶을 동경하면서 내 젊음이 소멸하는 느낌인데도, 왜 내 결정은 늘 어제와 엊그제와 똑같이 머물러 있는 것인지.

본디 나는 늘 하고 싶은 게 많은 사람이었고 시도를 두려워하지 않았었는데.

버텨야 하는지. 용기를 내야 하는지.

어김없이 오늘도 흐르고 있다. 언제까지 내가 이곳에 있을 수 있을까. 정확한 건 머지않았다는 느낌뿐.

내가 기록하는 이유

순간을 잡아두기 위해 일기를 쓴다. 엔딩 크레딧이 올라갈 때, 순간은 잊히고 엔딩만이 남는다. 엔딩은 그렇게 순간을 정당화하기도, 무력화해버리고 만다. 영화든, 스포츠 경기든, 연애든, 일이든, 삶이든.

이 세상에 그와 나만 있었던 시절이 있었다. 눈을 마주 보며 춤을 추었고, 남에게 보여줄 수 없는 시를 나누었고, 같이 보던 야구경기의 승패가 기억나지 않았던 시절. 그 모든 순간은 헤어짐과 동시에 의미가 없어지고 말았다. 어글리한 헤어짐. 그것만이 기억에 남았다.

내가 작년 이맘때 무슨 생각을 하고 있었더라? 누구를 만났지? 그때 어떤 감정이었지?
대부분 기억나지 않는다. 그렇게 나의 모든 순간이 사라져버렸고 때로는 그 순간들이 마지막 엔딩에 의해 왜곡되고 말았다.

나의 순간들을 붙잡아 놓고 싶다. 이 순간들을 담아놓고 천천히 살고 싶다. 순간은 벚꽃처럼 바람만 불면 사라져버리고 말지만, 이 순간의 가치를 잃어버리고 싶지 않다. 그래서 나는 오늘도 이렇게 일기를 쓴다.

쇼미더머니

영혼이 풍성해지고 싶어. 오페라를 부르는 성악가처럼, 색소폰을 부는 재즈 연주자처럼, 〈쇼미더머니〉에 나오는 래퍼처럼.

유니폼을 벗어던지고 싶어. 누군가에게 보여야 한다는 강박관념을 버리고 내가 잘하는 걸, 내가 하고 싶은 걸, 내가 말하고 싶은 걸 표현하며 살아가고 싶어.

난 지금 검은 모자를 쓰고, 얼굴에 문신을 하고, 깔랑거리며 비트를 타고 있는 래퍼들을 보고 있어. '아싸'로 보이기도 하는 그들이 신나게 욕을 하고 랩을 하는 모습을 보고 있자니 내 몸이 저절로 흔들려. 어깨가 으쓱여. 자리에서 일어나 거울을 보며 몸을 흔들고 있어.

코에 피어싱을 하고, 탑을 입고, 몸 어느 부위에 문신을 하고 거만하게 앉아 다리를 흔들고 있는 나를 상상해. 따뜻하고 예쁘고 가식적인 말은 휴지통에 버리고 진짜 내가 누군지 말하고 싶어. '스웩' 넘치는 자신감으로 군중을 술렁거리게 만들어버려야지.

내가 누군지 표현하며 살고 싶어. 영혼이 풍성해지고 싶어. 오페라를 부르는 성악가처럼, 색소폰을 부는 재즈 연주자처럼, 〈쇼미더머니〉에 나오는 래퍼처럼. 유니폼을 벗어던지고.

무엇을 왜 하는지 안다는 것

응급실을 벗어난 하루는 조용하다. 아니, 일부러 조용하고 고요한 하루를 만들려고 노력한다고 하는 편이 맞는 것 같다. 북적임, 소란스러움, 신음 소리, 고함 소리, 그리고 끊임없이 울리는 알람이 있는 어제를 보내고 난 후, 나는 최대한 조용하고 고요하게 오늘을 보낸다. TV, 라디오, 누군가의 대화 소리 등 모든 것에서 멀어져 있고 싶다.

오늘은 《기사단장 죽이기》를 들고 동네의 작은 도서관에 앉아, 몇 페이지를 기웃기웃하다 잠시 고개를 숙여 잠이 들었다가, 또다시 책 몇 장을 넘기며 하루를 보내고 있다. 작은 도서관은 테이블 몇 개와 아이들이 신발을 벗고 누워 책을 볼 수 있는 낮은 책상이 있는 공간으로 나누어져 있다. 이곳을 주로 방문하는 사람은 은퇴한 듯한 나이 지긋한 노인이거나 초등학교 저학년 아이를 둔 학부모들이다.

나는 이 공간이 참 좋은데, 특별히 더 좋을 때는 비가 오는 날이다. 창밖에 비가 주룩주룩 내리고 책 특유의 퀴퀴한 냄새가 나는 작은 도서관에 앉아 밖의 풍경을 보고 있으면 마음이 편안해진다. 소리 때문인지 냄새 때문인지, 아니면 환하지도 어둡지도 않은 조명 때문인지…….

징…….

저장되지 않은 번호로 전화가 온다.

"여보세요? 박유미 씨죠? 우체국인데요. 미국에서 택배가 왔네요."

"지금 멀지 않은 곳에 있는데, 문 앞에 놓아주시면 곧 가서 확인할게요."

나는 이름과 내가 사는 주소를 확인한 후 전화 종료 버튼을 누른다. 갑자기 궁금증이 커져 책장을 넘길 수가 없다. 몇 시간 정도 더 앉아 있다 가려고 생각했다가 결국은 몇 장 더 넘기지 못하고 책장을 덮고 작은 도서관에서 나오고야 말았다.

문 앞에는 빨간 글씨로 'PRIORITY MAIL'이라고 적혀 있는 택배 소포가 놓여 있다. 방에 들어오자마자 흰색 상자를 연다. 상자를 열자마자 커피 향이 가득하다. 안에 든 것은 카드, 스카프, 비타민, 립밤과 커피. 나는 그중 카드를 제일 먼저 집어 읽는다.

"Dear 유미 샘,

언제 어디에 있건, 무엇을 왜 하고 있는가를 알고 있는 게 참 중요하다는 생각을 요즘 많이 해요. 샘이 무엇을 하던 모든 일이 순조롭게 다 잘 풀릴 겁니다.

저번에 너무 짧게(밥만 먹고!) 헤어졌던 게 맘에 항상 걸리더라고요. 커피는 제가 젤로 좋아하는 것이고 스카프는 제가 좋아하는 거로 막! 골라봤으니까 암 생각 없이 그냥 매고 다니시길! 참 Airborne는 Vitamin C(엄청) 들어간 것이니 매일 아침에 드세요 (하루 1알) + 찬물에 넣어서 마시면 돼요.

아무쪼록 가족과 함께 본인이 항상 하시는 일에 행운과 은총이 함께 하길!

09/13/2017 미국 Washington D.C에서 ○○○ 드림"

택배를 보내온 사람은 내가 병동에서 근무하던 2014년에 병원에서 만난 분이다. 늙은 아버지를 간호하던 보호자(아저씨)다. 미국에 거주하시는 분인데, 병간호로 한국에 몇 달 동안 계셨었다. 결국, 환자분은 다른 병원에서 임종을 맞으셨다고 안부를 전하며

연락을 하게 되었는데, 3년 넘게 연락이 이어지고 있다.

최근 들어 업무의 긴장감과 알 수 없는 공허함, 막연함, 가을의 그
리움이 가득 차 있었는데 몇 줄 되지 않은 카드를 읽으며 기분이
이상해진다.
내 삶을 돌아보게 만드는 고마운 존재가 있다는 사실과 나를 응
원해주는 사람이 어디엔가는 있다는 사실이 나를 더욱 따뜻하게
만든다. 이 감동을 어떻게 몇 줄로 표현할 수 있을까. 그저 가슴이
뭉글하다.
행복이 어디에 있나 찾으러 다녔는데, 바로 오늘 여기에 있었다.

미안함을 덜어주는 곳

머리 열상으로 온 4살의 남자 꼬마 아이는 애써 씩씩한 척을 한
다. 아이는 똘똘한 목소리로 "이거 머리만 씻고 가면 되는 건가
요?"라며 머리가 희끗희끗한 할아버지에게 몇 번이고 물어본다.
할아버지는 안절부절못하며 아이를 꼭 안고 있었는데, 한 손에는
피가 약간 묻은 흰 수건 하나를 꼭 쥐고 있었다.

곧이어 아이를 꼭 안고 외상구역 어느 한 자리에 앉아, 할아버지
는 주섬주섬 핸드폰을 꺼내 떨리는 목소리로 전화를 한다.

"어, 그래……. 지금 병원에 왔어. 응급실이야……."

작은 목소리로 말하는 모습을 보니, 전화기 너머 상대방은 아이
의 부모님인 것 같다. 미안한 모습을 한 할아버지와는 상반되게
할아버지의 품 안에 있는 꼬마는 똘망똘망한 눈을 크게 뜨고 응
급실 구석구석을 쳐다보고 있다. 나는 그런 꼬마 아이에게 말을
걸어본다.

"○○야, ○○는 나이가 몇 살이야?"

"5살! 머리만 씻고 가면 되는 건가요?"

아이는 병원 복장을 한 사람의 질문에 눈이 더 커지고, 입은 울상
으로 변한 것 같았지만 곧이어 씩씩하게 본인의 질문을 이어갔

다. '나는 씩씩해! 나는 울지 않을 거야!'라고 속으로 되뇌며 입으로 울음을 꾹 참고 있는 것만 같았다. 아이는 응급실 내 담당의가 올 때까지 할아버지의 품 안에서 '이거 머리만 씻고 가면 되는 거 맞지요?'라는 질문을 반복해서 물어봤다.

의사 선생님의 진료가 시작되고, 아이와 할아버지는 외상 처치실로 이동했다. 얼마 지나지 않아 할아버지는 아이를 안고 원래 있던 자리로 가서 앉았다.

"3개 박았어요"라며 할아버지는 긁적거리며 나에게 고해성사를 한다. 그 몇 분 동안 무슨 일이 일어났는지 모를 정도로 소리 하나 지르지 않은 꼬마의 표정을 살핀다. 아이는 여전히 씩씩한 표정으로 큰 눈을 뜨고 있었는데, 아까보다 축축해진 느낌이다. 그 모습이 얼마나 귀엽고 장한지. 나는 주섬주섬 근무복 안에 손을 넣어 조금 전 이송원이 나에게 주었던 젤리 하나를 꺼내 아이에게 전한다.

"이건 씩씩한 아이한테만 주는 선물이야."

아이는 조그만 손으로 과자를 들고는, 손에 꼭 쥐고 할아버지 품

속으로 안긴다. 그 모습을 보고 있는 몇몇 사람들이 '하하' 하며
웃는 소리가 들린다. 꼬마의 모습이 나한테만 귀여운 것은 아니
었나 보다.

곧이어 퇴실이 진행되었다. 나가면서 들리는 아이의 목소리.

"할아버지, 까주세요. 이거 먹을래요."

미안한 할아버지는 진짜 고해성사를 마친 사람처럼 처음보다 가
벼운 표정으로 응급실을 나갔다.

오늘의 응급실은 누군가의 미안함을 덜어주는 공간이 되었다.

지금의 시련, 앞으로의 시련

"55세 남자 CPR(심폐소생술) 5분 전입니다."

응급실 전체에 방송 소리가 들리고, 곧이어 응급의학과 교수님인 듯한 굵직한 목소리가 연이어 나온다.

"응급의학과 선생님, 소생실로 오세요."

오늘 나이트 근무의 시작은 CPR 방송으로 시작된다. 내가 맡은 구역은 CPR 하는 환자가 오더라도 달려나가지 않는 진료 2구역이지만, 분주하게 소생실로 달려가는 몇몇의 발걸음이 들린다.

5분 후.

구급대원이 환자에게 흉부 압박을 지속하며 소생실로 입실하고, 곧이어 CPR 팀의 빠른 손놀림과 처방들이 이어진다. 가슴 압박 6분 만에 심장박동재개(ROSC: retuen of spontaneous circula-tion)되었고, 응급실 도착 4분 만에 기도 내 삽관이 이루어졌고, 곧바로 처치가 이어졌다. 인공호흡기가 연결되고, 동맥관, 중심 정맥관이 확보되고, 도뇨관이 삽입되고 처방 난 검사들이 진행되었다.

나는 단지 소생실 옆 구역에 있을 뿐인데 조용한 와중에 느껴지는 그들의 분주함, 그리고 노련함이 대단하게만 느껴진다.

환자는 내원 1시간 만에 다발성 대뇌 출혈(두개 내를 채우는 다섯 군데가 넘는 다량의 출혈)이라는 진단명을 받았다. 환자는 처치를 받으며 인공호흡기에 의존하여 숨을 쉬었고, 여러 가지 약물로 혈압이 유지되었다.

내가 걱정한 것은, 그동안 내가 신경외과 병동에서 보아왔던 뇌출혈 환자 옆에 있던 가족의 심리적인 부담감, 앞으로 몇 년이 지속될지 모를 의식불명 상태와 인공호흡기, 기관절개관, 투석, 병원비, 욕창, 폐렴 등이었다.

응급실에서는 환자에게 최선을 다했고, 성공했고, 살려냈지만 가족은 앞으로 다가올 차디찬 시련들을 잘 마주할 수 있을까.

겸손과 조심

숨이 막혔다. 한 학기 동안 열심히 달려서 숨이 턱까지 찼다.
쉴 생각도 안 들 정도로 채찍질이 멈추지 않았고 나는 달려야만
했다.
처음으로 생긴 조카 얼굴을 100일이 넘도록 보지 못했고, 엄마와
아빠 생신, 어버이날 모두 전화로 대신해야만 했다.
친구들을 만나지 못했고 TV도 보지 못했다. 여가생활은커녕 늘
커피를 마시며 밤을 새웠다. 잠을 자는 것만으로도 죄책감이 들
었다.
의미를 찾을 수 없는 삶, 그저 쓰러져 자는 나날들.

누군가 물었다.
"대학원 다니면 뭐가 달라?"
그때 나는 이렇게 대답했다.
"많이 배워. 많이 배워서 많이 생각하게 돼"
집에 와서 곰곰이 생각해보니 내가 학교에 다니면서 깨달은 것은
'나의 무지'와 '근거에 대한 호기심'과 '정보의 끝없는 방대함'인
것 같다. 나는 이전보다 겸손해졌고, 근거 없는 말은 조심하며 이

에 대한 정보를 찾아보게 되었다.

내가 경계하는 나의 모습은 루틴한 일을 당연하게 생각하고 실행하는 간호사다.

저는 이렇게 또 아파요

일기가 쓰이지 않아요. 기억에 남는 게 없어요. 마음속에 토네이도가 지나갔나 봐요. 폭풍이 지나간 마음 안에는 폐허만이 가득합니다. 이리저리 정리되지 않은 가구들과 공사장같이 흐트러진 배경 안에는 왠지 모를 공허함이 느껴져요.

제가 문제인 거 같아요, 제가. 평생을 통틀어 처음부터 끝까지 이렇게 최악인 날은 그날밖에 없을 거예요. 최악의 하루는 지나갔어요. 그런데 제 마음은 복구가 안 돼요. 처량하고 불쌍해요. 그날은 지각으로 시작되었고, 나름의 사고가 있었고, 기대했던 일은 허무하게 무너져버렸어요.

제 일기가 처음 쓰인 날이 지각한 날이었는데, 그게 아마 2012년이니 6년 만에 지각을 한 셈입니다. 초등학교 때도, 중학교 때도, 대학교 때도 지각이나 결석을 한 날이 없었는데, 교대근무를 한 뒤부터는 잠이 제멋대로예요. 전날 잠이 오지 않아 꼬박 밤을 새웠어요.

밤새 부스럭거리며 시계를 보니 새벽 4시가 되었더군요. '30분만 더'라고 생각하는 순간 지각이 되어 버렸습니다. 세수도 양치질도 못 하고 하루를 보냈어요. 3층에서 근무복으로 갈아입고 1층으로 내려오는데 아마 3분도 안 걸렸을 거예요. 뛰어올라가며 숨이 찼는데 헐떡이는 모습을 안 보이려고 큰 숨을 몇 번이나 내뱉었는지 몰라요.

그날은 그렇게 아침부터 최악이었어요. 무슨 할 말이 있겠어요. 다 제 잘못인데요. 일하는 내내 마음이 불안했어요. 뒤로 넘어져도 코가 깨지는 날이 있다던데, 아마 그날은 인도로 걸어가도 교통사고가 날 법한 하루였어요.

일할 때도 기도를 했습니다. 제발 오늘을 무사히 넘길 수 있게 해달라고요. 일과가 얼마나 남았는지 시계를 보고 보고 또 봤어요.

점심시간, 밥을 넘기는데 밥알이 까슬까슬하더군요. 그날 무슨 메뉴가 나왔는지도 모르겠어요. 그냥 까슬거리는 무언가를 몇 순갈 입에 넣고 일어났어요. 속이 안 좋았어요.

며칠이 지난 지금도 속이 안 좋아요. 오늘 아침에는 구역질이 나고 구토도 나왔어요. 며칠 동안 저는 이렇게 또 아파요. 저를 찌르는 가시를 빼내지도 못하고 품고 말았습니다.

온 세상 모든 고통이 있는 곳을 알아요. 그곳은 늘 사람을 위축되고 긴장되게 만듭니다. 그 고통에 맞서다가 저도 점점 아파져요. 몇 년이 지나서야 제가 간호사와 맞지 않는다는 걸 알았어요. 어디로 갈까요, 제 삶은. 다른 삶을 시작하기에 늦었을까요. 아니, 시작하기에 전혀 늦지 않았을까요. 왜 저는 이 길로 왔을까요. 저와 맞는 일이 있긴 할까요.

이 고통을 벗어나 생기 가득한 곳으로 가고 싶어요. 그곳에선 잠도 잘 수 있고 구토도 안 하고 제 가시를 뽑아낼 용기도 생길 것 같아요. 세상은 잘도 바뀌는데 왜 저 혼자 이렇게 어려운지 모르겠어요. 제가 문제인 거 같아요, 제가.

러브 액츄얼리

패딩을 입지 않고는 밖을 나갈 수 없는 계절이 되었다. 어느 날은 눈이 내렸다. 목 짧은 스니커즈를 신고 나갔다가 발이 시려 집으로 다시 돌아와 신발을 바꿔 신은 날도 있었다. 밖에 나가기 전에 어느 바지가 제일 따뜻할까 하며 엄지와 검지로 바지 소재를 만져보기도 했다. 생수가 떨어져 마트에 가야 했지만 나가기가 싫어 냉장고 안에 있는 맥주로 갈증을 풀기도 했다. 베란다가 더 차갑게 느껴져 냉장고에 있는 김치를 베란다로 옮겨 놓기도 했다.

자연스레 동네에 있는 작은 도서관에 가는 횟수가 줄어들었다. 가는 길이 춥고 멀게 느껴지기도 했지만, 더 큰 이유는 여름에는 적당히 서늘했던 도서관 실내가 겨울이 되니 겉옷을 벗지 못할 정도로 추웠기 때문이다.
그렇게 오랜만에 찾은 도서관은 오늘도 역시나 춥다. 책장에서 《안나 카레니나》를 찾다가 우연히 눈에 들어온 《롤리타》를 꺼내 한 장을 넘겼다.

"롤리타, 내 삶의 빛이요, 내 생명의 불꽃. 나의 죄, 나의 영혼. 롤-

리-타. 세 번 입천장에서 이빨을 톡톡 치며 세 단계의 여행을 하는 혀끝. 롤. 리. 타. 그녀는 로, 아침에는 한쪽 양말을 신고 서 있는 사 피트 십 인치의 평범한 로. 그녀는 바지를 입으면 롤라였다. 학교에서는 돌리, 서류상으로는 돌로레스. 그러나 내 품 안에서는 언제나 롤리타였다."

자연스러운 책의 이끌림. 나는 《롤리타》를 꺼내 도서관의 어느 책상 맨 끝자리에 앉아 오버핏의 패딩 안에 손을 넣었다 꺼냈다, 단추를 잠갔다 풀었다, 목도리를 이리 맸다 저리 매며 책장 한 장씩을 넘겼다. 롤리타의 매력에 나도 어느새 은밀하고 광적인 험버트가 되었고, 은밀한 기쁨에 입가 한쪽에는 미소를 띠었다. 그러면서도 옆자리에 앉은 중년 아저씨에게 책 제목이 보이지 않도록 조심하며 책장을 넘겼다. 시간이 얼마나 흘렀는지 도서관이 문을 닫는 6시가 되어 나는 주섬주섬 책을 들고 작은 도서관을 나왔다.

작은 도서관 바로 앞에는 횡단보도가 있다. 이 횡단보도를 건너

고급 주택가 사이를 5분 정도 걸어야 집에 도착한다.

"저기요……."

횡단보도 앞에서 파란 신호를 기다리는데 누가 말을 건다. 백팩을 메고, 짧은 머리에 흰 운동화를 신고, 단정한 듯 보이지만 주름진 베이지색 바지를 입은 젊은 남자다(눈을 마주치지 않아 얼굴이 정확히 기억나지 않는다). 마치 강남역을 지나갈 때 여자 두명이 짝을 지어 '얼굴에 복이 많다'며 한 사람은 나에게 말을 걸고, 한 사람은 아닌 척하며 내 뒤를 따라오던 '도를 아십니까'가 떠올랐다. 나는 갑작스러운 대화를 피하기 위해 최대한 시선을 밑으로 향하며 "죄송합니다"라고 내뱉고는 급히 횡단보도를 건너기 시작했다. 나를 따라오는 발걸음.

"아, 저기요. 저 이상한 사람 아니고요. 도서관에서 봤는데요……. 혹시 연락처 알 수 있을까요?"

뒤따라 오는 그의 말소리가 들렸지만, 나는 여전히 고개를 숙이며 "죄송합니다"라고 말하며 고개를 들지 못했다. 내가 방금 읽은 소설 탓일 수도 있고, 동생이 '도를 아십니까' 사람들을 따라갔던 경험담을 들어서일 수도 있고, 내 지금 행색이 매력적이지 않음을 나도 알기 때문일 수도 있었다. 이 순간을 황급히 벗어나고 싶었다.

"죄송합니다."

연신 고개를 숙이며 나는 횡단보도를 건너 주택가 안으로 재빨리 걸음을 옮겼다. 다행히도 그는 횡단보도를 건너 따라올 용기까지는 내지 못한 듯했다. 나는 그 순간이 당황스러웠지만 입가에는 번지는 은밀한 기쁨을 숨길 수가 없었다.

그는 어떤 사람이었을까? 얼굴은 어떻게 생겼지? 전화번호를 알려줄 걸 그랬나? 내가 생각보다 나이가 많다는 사실을 알면 반응이 어떨까?

나는 수십 가지 상상을 하며 나만의 환상 속으로 빠져들었다. 그때 그 순간이 떠올랐다.

정확히 기억나지 않는 몇 년 전 추운 날이었다. 안과 밖의 온도 차이로 병실 창문에는 뿌옇게 김이 서려 밖이 보이지 않았다. 간호사복 위로 카디건을 걸치고 다니던 때였다. 화장을 해도 가려지지 않는 앳된 미소, 밤 근무 중에도 피곤한 기색이 없는 생기 있는 눈빛, 화를 내지 못할 것 같은 작은 목소리, 통통한 볼살, 무슨 얘기를 해도 웃는 듯한 표정. 나는 지금보다 더 친절했고, 따뜻했고, 잘 웃었다.

간호사로 일한 지 얼마 되지 않은 때였고 D팀으로 나이트를 시작했을 시기였다. 다음 날의 약 정리와 퇴원 정리를 마치고 자정 정도가 되어서야 51호, 52호, 61호, 62호, 63호 순으로 라운딩을 시작했다. 혈압을 재고, 시간과 장소를 묻고, 두통이 있는지, 힘이 빠지는 쪽은 없는지, 수술한 상처는 괜찮은지, 나는 자는 사람을 깨워가며 라운딩을 돌았다.

마지막으로 들어간 64호. 안쪽 침대에는 반측안면경련으로 미세혈관 감압술을 받은 30대 초반의 남자가 있었다. 나는 며칠 동안 그를 담당하고 있었다. 수술 상처로 머리를 며칠 감지 못했는데도 붕대를 비니처럼 머리에 둘러 오히려 이목구비가 뚜렷이 보였다. 환자복을 입었지만 그는 분명 잘생긴 얼굴이었다. 머리 수술을 받았는데도 늘 병실에 앉아 컴퓨터 작업을 하고 있었다. 컴퓨터 관련 일을 한다고 했다.

자정이 넘은 시간. 그는 그날도 컴퓨터를 켜놓고 앉아 작업을 하고 있었다. 나는 늘 하던 대로 혈압을 재고, 안면 경련 유무와 얼굴 감각을 물어보고, 청력과 이명 소리를 물어보고, 팔다리의 힘과 두통을 물어보았다. 그러고는 "내일 드디어 퇴원하시네요. 축하드려요"라며 인사를 했다. 그는 반갑기라도 한 듯 나와 눈맞춤을 하며 환하게 웃었다. 나는 미남과 미소에 약하다.

"오늘이 마지막이네요, 간호사 샘. 그동안 감사했습니다."

나는 무엇 하나 해준 것도 없으면서 그의 말 한마디가 고마웠다. 그의 웃음에 나도 환한 웃음으로 화답하며 병실을 나가려고 하는 찰나. 그는 "샘, 이것 좀 보고 가세요"라며 나를 붙잡으며 노트북을 내가 볼 수 있게 옆으로 돌려놓았다.

적막한 병실. 그는 말 한마디 없이 정성 들여 꾸민 파워포인트를 클릭해 한 장씩 넘기며 본인의 편지를 보여주었다.

"처음에 얼마나 떨리고 무서웠는지 몰라요"로 시작하는 그의 글에 나는 순간 머릿속이 하얘졌다. 정성 어린 편지가 몇 장 넘어갔지만 나는 그 화면을 보면서도 어떻게 반응을 해야 할지 고민하느라 화면에 무슨 글이 써 있는지 읽을 수가 없었다. 그러는 동안 "입원해 있는 동안 잘 돌봐주셔서 감사합니다"라며 그의 편지는 끝을 맺어갔다. 마지막 장에는 그가 진짜 말하고 싶은 글이 적혀 있었다.

"오늘이 마지막이라서 제가 용기 내는 거예요. 개인적으로 연락 드려도 될까요?"

그는 내가 볼 수 있게 조심스레 노트북 옆에 펜과 종이를 옆에 올려두었다. 얼굴이 화끈거렸다. 이런 상황에서 어떻게 해야 하나. 입사교육 때도 알려주지 않은 것 같고, 선배들에게도 이런 일에 대해 들은 적이 없었는데. 왠지 환자와 간호사의 인연은 병원에서만 이어져야 할 것 같은 생각만 들 뿐. 나는 빨리 결정을 해야 했다.

"아, 죄송해요. 환자분에게 개인 연락처를 알려드릴 수가 없어요."

나는 있지도 않은 병원 규칙을 이야기하며 황급히 그 순간을 벗어났다. 그에게 건네받은 USB 하나를 손에 꼭 쥔 채로.

그날 나이트 근무 동안 그 USB 안에는 뭐가 들어 있을지 내내 궁금했지만 그게 무슨 비밀이라도 되는 듯 근무가 끝날 때까지 확인하지 않았고 다른 간호사에게도 말하지 못했다.

집에 도착해 확인한 USB 안에는 용량이 꽉 차도록 영화와 드라마가 들어 있었다. 이전에 그와 대화를 하다가 내가 교대근무 하느라 영화와 드라마를 잘 챙겨보지 못한다는 말을 했는데, 그걸 잊지 않고 하나씩 넣어둔 것이었다.

지금도 그때 일을 생각하면 그의 용기에, 그리고 나의 당황함에 피식 웃음이 난다. 만약 그때 그와 연락처를 주고받았으면 어떻게 되었을까. 그와 나는 잘 될 수 있었을까. 참 잘생긴 얼굴이었는데…….

얼마 못 가 USB는 고장 나 버렸지만 그때의 떨림, 당황, 설렘은 병원에서 일하면서 처음이자 마지막 느낌으로 남아 있다.

지금의 나라면 연락처를 알려줬을까?

가을, 봉숭아

아무것도 하지 않았다. 아무 생각도 하지 않았다. 아무도 만나지
않았다. 무엇을 보았지만 보지 않았고, 듣고 있었지만 듣지 않았
다. 곁에는 누구도 있지 않았다. 종일 나는 무엇을 했던가. 나는
처음으로 생각을 했다. 무얼 했더라.
길을 걸었지만 버스와 택시를 탔고, 옷을 걸쳐보았지만 사지 않
았고, 팟캐스트를 들었지만 기억에 남는 게 없고, 성당에 갔지만
기도는 하지 않았다. 결국은 오늘 아무것도 하지 않았네.

아, 그러고 보니 바람이 조금 서늘했던 거 같아. 가을인가. 가을이
오는 건가. 봉숭아가 피었을 때가 이때쯤인가. 갑자기 손을 들어
민무늬 손톱을 본다. 봉숭아 물을 들이고 싶다.
요즘 봉숭아는 어디에서 볼 수 있지? 어릴 때 초등학교 운동장에
서 볼 수 있었는데. 지금도 초등학교 어느 곳에 가면 볼 수 있으
려나. 혹시 나도 몰래 폈다가 져버린 건 아니겠지. 보라색도 있고,
분홍색도 있고, 자주색도 있었는데. 나는 무슨 색을 제일 좋아했
더라. 손톱에 올라가는 순간 느꼈던 알싸함이 뭐였더라.
점심시간 뒷골목에 달려가 봉숭아 꽃잎을 떼어 돌 위에 올려놓

고, 빻고 뭉개서 손톱 위에 올려놓고 봉숭아 잎으로 손톱 끝을 감싸고 점심시간이 끝날 때까지 기다리면 완성되었던 봉숭아 물들이기. 손가락 끝에 쌓아놓았던 잎을 조심스레 풀면 할머니 손가락처럼 쭈글거려 친구들과 까르르 웃으며 서로의 주름진 손가락을 보았었지. 봉숭아 빻은 것에 같이 넣었던 그 하얀 가루가 뭐였더라. 그때 누가 가져왔더라.

친구들끼리 누가 누가 더 오랫동안 손톱에 봉숭아 물을 유지하는지 감시를 하던 그 시절. 다른 손가락에 물이 다 빠져도 새끼손가락의 그 붉은색은 첫눈 올 때까지 남겨놓겠다는 괜한 고집으로 새끼손톱만 끝까지 기르던 시절. 그때 내가 짝사랑하던 아이의 이름이 뭐였더라. 그 아이는 어떻게 성장했으려나. 내 첫사랑이 누구였지. 그러고 보니 그때 첫눈이 올 때까지 나는 그 새끼손톱을 남겨놓았던가.

아, 봉숭아 물들이고 싶다. 봉숭아는 어디에 있을까. 코스모스가 봉숭아와 피는 시기가 같았었나. 어제 길가에 코스모스가 피어 있는 걸 봤는데, 혹시 봉숭아가 져버린 건 아닐까. 내 손톱은 왜 이렇게 밋밋한 걸까.

아, 이렇게 가을이 와버린 걸까. 나는 또 이렇게 늦어버린 걸까.

세상에서 가장 아름다운 이별

오늘은 밤이 가장 긴 겨울날입니다. 올해가 채 열흘도 남지 않았
다는 라디오 방송을 듣고 있자니 내년에 대한 기대보다 올해 아
무 일도 일어나지 않은 것에 대한 아쉬움이 더 크게 다가옵니다.
남은 날 동안 일부러 무슨 일이라도 만들어야 하나 마음이 조급
해집니다.

최근 며칠 동안 슬픈 소식이 많았습니다. 신생아들이 연이어 하
늘나라로 갔고, 유명 아이돌이 스스로 목숨을 끊었고, 어느 건물
화재로 수십 명의 사상자가 발생했다더군요.
사회면 기사 중에 신생아실에 마지막까지 남겨져 있던 두 명의
아이 사연을 가장 가슴 아프게 읽었습니다. 지금도 신생아 중환
자실을 운영하는 병원이 많지 않고, 그나마 대부분 빈자리가 없
는 상황에서 신생아 중환자실을 꼭 이용해야 하는 다른 고위험
신생아들이 그나마 겨우 있는 공간도 잃은 것 같아 걱정이 앞섰
습니다.

세상에는 왜 이렇게 슬픈 이별이 많은 걸까요. '세상에서 가장 아

름다운 이별'은 드라마에서만 있는 걸까요. 아름다운 이별이라는
역설적인 말은 현실에 존재할 수 없는 건가요.

드라마 〈세상에서 가장 아름다운 이별〉 3화가 방송되는 시간에
엄마가 서울에 올라오셔서 가족이 함께 드라마를 봤습니다. 제가
"엄마가 있어야지 나도 오랜만에 맛있는 거 먹으러 갈 수 있어.
그러니까 빨리 와" 하고 엄마를 서울로 불렀거든요. 참 이기적인
딸입니다.

엄마는 딸의 조끼를 만들어주겠다며 뜨개질에 집중하느라 드라
마를 보지 않는 것 같더니, 치매에 걸린 할머니의 부양을 거절하
는 가족 간의 대화에 "저 지랄이여, 저 지랄이여, 저게 현실이여"
라며 시원하게 한마디를 외쳤습니다. 저는 드라마를 보는 내내
슬픔을 꾹꾹 참고 있었는데……

드라마 속 엄마가 한밤중에 변기를 부여잡고 피를 토하며 남편을
부르고, 남편의 가슴에 안겨 "나 다 안 나았나 봐. 그치? 아프다,
아파. 여보 나 아파, 여보"라며 절규에 가까운 오열을 하는 장면
에서 저의 슬픔은 폭발해버렸습니다.

그런데 옆에 있던 엄마는 울지 않더군요. 아무렇지도 않게 뜨개

질을 뜨고 계셨습니다.

"엄마, 안 슬퍼? 엄마는 이걸 보고도 어떻게 안 울 수 있어?"

"엄마는 죽은 사람도 봤는데 뭐. 엄마 품에 안겨서 죽은 사람도 있어."

저는 죽음과 이별이, 드라마 속 엄마와 가정에 다가오는 모습을 보며 슬펐는데, 엄마는 주변에 실제로 있었던 지나간 죽음을 떠올립니다. 저는 예상하고 싶지도 않은 이별에 슬픔을 느꼈는데, 엄마는 지나가버린 이별에 더 이상 슬픔을 느끼지 않는 것 같습니다. 저는 아직 어리고 엄마는 저보다 더 많은 세월을 보냈기 때문이겠지요.

올해는 별 탈 없이 지낼 수 있어 감사했습니다. 아무 일도 일어나지 않았고, 벗어나지 못했고, 흘러가는 대로 가버렸습니다. 이렇게 하루가 또 쌓여 제가 완성되어 갑니다. 앞으로 제가 어떻게 변해갈지 문득 궁금해지네요. 그나마, 올해 한 결심 중에 이룬 것이 있다면 가질 수 없는 것에 대한 욕심을 버렸다는 겁니다. 이것 하나만으로도 충분합니다.

다가오는 내년에는 제게 오는 일과 사람들에게 순간순간 최선을
다하는 삶을 살도록 노력해야겠습니다. 나만의 방식으로 순간을
기억하려고 노력하겠지요. 이렇게 기록을 하다 보면 기억이 되고
언젠간 추억이 될 겁니다.

내년에 바라는 것이 있다면, 이 기록들이 나만의 추억이 아니길
바랍니다. 이 글들이 모여 누군가에게는 '아, 저런 삶도 있구나'
하는 위로가 되고, 사는 게 재미없어진 이에게는 작은 위안이 되
었으면 합니다. 병원을 떠난 이에게는 해방감을, 간호사를 꿈꾸
는 이에게는 미지의 공간에 대한 그림을 보여주었으면 합니다.
아픈 이에게는 제 마음과 이해와 배려가 전해지고, 그의 가족에
게는 옛일을 추억할 수 있기를 바랍니다. 모두 건강하시고, 따뜻
하시고, 행복하세요.
저는 제가 조금 더 행복한 쪽으로 흘러가길 바랄 뿐입니다.

지금 여기의 행복

입사 후 처음으로, 9년 만에 가족과 함께 크리스마스 파티를 했다. 매번 근무 때문에 가족과 있지 못했다. 아마 2018년에도, 새해가 동생과 마지막으로 보내는 마지막 날이 될 것 같다. 9년 동안 아픈 이들과 보냈던 수많은 밤과 주말, 크리스마스와 새해, 설날과 추석, 공휴일과 휴가철이 떠올랐다.

이 순간 생각했다.
그동안 내가 포기해야 했던 행복들에 대해.
이 순간에도 희생당하고 있을 행복들에 대해.
그리고 그 행복의 소중함에 대해.

5장

내가 만들어낸 주름

떠나지 못하는 사람

몇 년 만인지, 가끔 대학교 동기 결혼식에서 만나던 언니에게 연락이 왔다.

'유미야, 나 결혼해. 시간 되면 와서 밥 먹고 가.'

그렇게 해서 찾게 된 결혼식장. 사람들의 축하가 넘치고, 나는 오랜만에 보는 간호학과 친구들과 어색하게 인사를 나눴다.

"유미야, 너는 요즘 어떻게 지내? 요즘에도 ○○에 있나?"

"응. 아직 ○○에 있지. 부서도 옮겨서 지금은 응급실에서 일해."

내 대답에 동기들은 가여운 눈빛으로 쳐다보는 것만 같다.

"어떻게 너는 더 어려운 곳으로 가니. 대단하다 진짜. 나는 이제 교대근무는 하라고 해도 못 하겠다. 이전 병동에서는 육아휴직 전에도 배려해줘서 교대근무 안 하고 일했었거든. 그래도 다시 돌아가려고 생각하면, 아휴~ 차라리 아끼고 살지. 다시는 교대근무 못 할 것 같아. 그래서 난 육아휴직 끝나면 사직하려고."

"그러게. 진짜 대단하다. 어떻게 아직도 거기에 있어? 안 힘들어?"

"나도 이번에 부서 옮겼는데, 마취과 소속이었다가 지금은 행정 쪽으로 옮겼어. 그런데 넌 어떻게 응급실로 갔어? 이제 상근직으로 옮겨달라고 하지."

"넌 진짜 간호사다, 간호사. 수간호사 해라."

친구들의 반응에 나는 말을 잇지 못한다. 주위를 둘러보니 열댓
명 모인 친구들 사이에서 대형병원에 남아 교대근무를 하는 사람
은 나밖에 없다. 친구들은 병원을 떠나 보험심사평가원, 건강보
험공단, 보건소로 가거나 공무원, 보건교사, 연구간호사, 행정직
업무, 학교 조교 등의 일을 한다.

대학교 때 같이 간호학을 공부했던 친구들은 대부분 임상을 떠난
지 오래되었다. 아직 임상에 남아 있는 나는 '떠나지 못하는 사
람' 중의 한 사람이 되어버린 느낌이다.

나름 환자들을 잘 보려고 노력하고, 열심히 간호학을 공부했고,
만 7년이 넘는 임상 경력과 석사 학위와 전문간호사 자격증이 있
음에도 불구하고, 또 임상 간호가 간호의 꽃이라고 생각하고 있
음에도 단순히 교대근무를 하고 응급실과 같은 환경에서 힘든 업
무를 하고 있다는 이유만으로 나는 동기들 사이에서 루저가 된

듯한 느낌을 지워버릴 수가 없다.

'더 나은 간호사가 되어야겠다'라는 생각은 오히려 나를 더 '잃어버린 사람'으로 만드는 것 같기도 하다. 어쩌면 이게 현실일까?

소시민적인 삶

월급쟁이에 불과하지만 그래도 나름 내 삶을 주도적으로 살고 있다고 생각했는데, 최근에 여러 직종의 사람들을 만나고 보니 내가 사는 삶이 얼마나 소시민적인 삶인지를 알게 되었다.

또한, 나는 다양한 사람들을 만났다고 생각했고, 내가 만난 이들의 의견 또한 다양하다고 생각했는데 내가 만나고 있는 사람들이 얼마나 편파적이고 편중되어 있었는지 알게 되었다. 나는 좀 더 많은 경험을 하고 좀 더 많은 사람을 만나봐야겠다.

그러고 보면 '간호사'라는 직업은 사람들을 만나기 어려운 직업이다. 사람들과 약속을 잡기 어려워진 것도 일을 시작한 뒤부터였던 것 같다. 남들이 잘 때 일하고, 남들이 일할 때 잔다. 일하는 시간이 불규칙적이다 보니 연락도 뚝뚝 끊기고 한참 있다가 연락하는 경우가 많다. 모임에는 참석하기가 어렵다. 한두 번 빠지다가 결국에는 모임 자체를 안 나가게 된다. 점차 소외된다. 주말에 쉴 때보다 일하는 날이 더 많다.

주말은 고사하고 명절 같은 휴일이나 크리스마스이브에도 쉬는 날이 보장되지 않는다. 부모님 생신날에도 집에 못 갈 때가 더 많고, 친구들 결혼식도 한 달 전에 미리 알지 못하면 못 갈 때가 더 많다. 친구들과 놀러 가고 싶어도 일반 회사원은 평일에 쉬기가 더 어렵기 때문에 그냥 동료 간호사끼리 쉬는 날 맞춰서 간다. 데이트하려고 해도 시간 잡기가 어렵고, 만난다고 하더라도 출근 전이나 후가 많아 대부분 짧게 보고 헤어진다. 그렇게 점차 고립되고 만다.

얼마만큼의 시간이 지난 후에야 내가 이 시간을 추억할 수 있을까….
지금은 그저 이 시간이 빨리 지나가기를 바라고 있다.

수십 번의 터치

누군가는 나에게 능숙하다는 표현을 쓸지 몰라도,

나는 오늘도 울고 있는 보호자의 등을 토닥여주었고,

낙상 주의 환자의 허리를 잡아주었고,

안면 마비가 있는 환자의 얼굴을 만져주었다.

12명이 넘는 환자의 혈압을 재면서 손을 잡아주었고,

한쪽 팔과 다리에 힘이 빠진 환자를 쓰다듬으며 감각을 확인했고,

혼자 옷을 입지 못하는 환자가 옷 갈아입는 것을 도와주었다.

욕창이 있는 환자의 드레싱을 교환해주었고

최소한의 수면시간으로 눈이 반쯤 감긴 주치의에게는 커피를 전해주었다.

오늘도 나는 수십 번의 터치를 전했고, 이로 인해 어느 누군가가 따뜻함과 위로를 전달받길 바랐다.

터치란 단순한 애정 표현이 아니다. 나에게 터치란 휴머니즘의 한 표현이다.

간호사답다

'간호사답다'는 말은 과연 칭찬일까? 언제부터인지 나 스스로 보수적이고 틀에 박힌 생각을 하는 것 같다. 병원에서는 늘 원칙을 지켜야 하고 원칙을 지키지 않을 경우엔 소외되고 만다. 원칙을 지키지 않는 사람이야말로 '간호사'와 맞지 않은 사람일 것이다.

이전에 나는 자유롭고, 좀 더 쉽게 생각하고, 더 많은 사람을 만나고, 개성 있는 사람이 되고 싶었다. 그러나 지금 나는 답답하고 답이 정해져 있는 사람이 되어 가는 것 같다.
나는 과연 간호사라는 직업에 맞는 사람일까?

내가 하는 일이 가슴 떨리는 이유

세상에는 수많은 직업이 있지만, 내가 하는 일이 가슴 떨리는 이유 하나는 인간을 대상으로 하기 때문이다.

알 수 없는 책임감이 어깨를 짓누르고 심장이 떨려온다. 언제쯤 내가 하는 이 일에 심장이 떨리지 않을 수 있을까. 숨이 막힌다.

일이 익숙해질 즈음에는 늘 긴장감 넘치는 사건들이 찾아왔다. 2016년 1월의 마지막 날에도.

나 스스로 자랐다고 생각했지만, 아직 갈 길이 멀다는 것을 깨달았다. 자신이 한없이 작아짐을 느낀 순간.

내가 그때 조금 더 생각했더라면…….

조금만 더 환자 곁에 있었더라면…….

그때 다른 것을 주의 깊게 봤더라면…….

지그시 눈을 감고 지나간 시간을 머릿속으로 되뇌며 조금 더 나은 상황을 상상해본다.

지금 이 순간이 익숙해지면 안 되는 이유가 있다. 조금 더 나은 상황을 만들어내는 사람이 되어야 한다.

달리 보면, 내가 이 직업을 떠나고 싶은 이유 중의 하나는 생명을 다루는 일이기 때문이다.

그 긴장감과 책임에서 벗어나고 싶다.

조금 더 편안하게 숨을 쉬고 싶다.

공부에 대해

간호사가 공부를 해야 한다고 믿는다.

정보의 홍수 속에서, 사람들은 근거가 부족하거나 개인의 의견에 그치는 블로그 수준의 정보를 보고 오는 경우가 흔하다. 심부전이나 고혈압 등 여러 질환의 가이드라인은 꾸준히 변경되고 있는데도, 미처 업데이트되지 않은 정보를 알고 오는 사람도 많다.

이럴 때 간호사는 올바른 정보와 최신 경향, 지견을 제공할 수 있다. 더구나 간호사는 접하기 쉽고 가까이 만날 수 있는 사람이기도 하다.

다시 말해, 간호사는 잘못된 정보를 수정하고 올바른 정보를 제공하기 좋은 위치에 있기 때문에 꾸준한 공부가 필요하다.

나를 깨닫는 시간

간호사가 똑똑해야 하는 이유는 생명을 다루는 일을 하기 때문이다. 의사와 간호사가 독자적으로 일하는 것이 아니라 같은 한 팀이기 때문이다. 간호사는 처방만 받고 술기만 하는 직업이 아니기 때문이다.

간호사는 환자와 가장 가까이 있는 사람이기 때문에 환자의 미묘한 상태 변화를 알아채고 이에 필요한 정보를 선택해서 그것을 의사에게 알리고 의사가 처방한 약이나 처방이 적절한지 스스로 판단할 줄 알아야 한다.

환자가 가슴 불편감을 호소하면 위식도역류질환인지 협심증을 의심할 증상인지 분별해 알린다.

복부 통증을 호소하면 이게 소화기 문제인지 비뇨기과 문제인지 파악하고 정확히 어느 부위인지 어떤 증상인지 알린다.

혈압이 높은 사람에게는 병력으로 천식이 있음도 같이 알린다.

의사가 말없이 낸 검사나 약은 굳이 의사에게 다시 묻지 않아도 이유를 알고 설명한다.

혹시 의심되는 처방은 다시 의사에게 되물어 정말 필요한 것인지 오류인지 확인을 해야 한다.

생명을 다루는 일이라서, 팀으로 하는 일이라서, 간호사는 똑똑해야 한다.

배움이라는 건 무지를 깨닫는 과정 같다. 지금 나는 내가 얼마나 교만했거나 무지했는지를 알게 되는 과정을 걷고 있다.

새해가 밝았습니다

전 세계 모든 사람이 카운트다운을 외치는 시간임에도 병원 사람들에게 그 시간이란 단순히 지나가는 하루에 불과했다. 제야의 종소리와 수많은 시민의 함성 속에서도, 병원에서 들리는 소리라곤 모니터 알람뿐. 적막하기 그지없었다.

서로 같은 방을 쓰는 사람에게도 덕담 한마디 나누지 않았고, 새해 희망을 바라는 사람 또한 없었다. 의식이라도 한듯 병실 내에 TV가 켜진 방은 보이지 않았다.

그렇게 병원에서도 새해가 찾아왔다.

가장 뿌듯했던 순간

누군가가 '간호사를 하면서 가장 뿌듯했던 순간'을 물었다.
어느 간호사는 "환자가 치료를 받고 호전이 되어 퇴원하면서 고맙다고 했던 순간"이라고 했다.
어느 간호사는 "일하면서 환자나 보호자에게 칭찬을 받았을 때"라고 했다.
어느 간호사는 "그런 순간은 없다"라고 대답했다.
나는 "환자 상태가 안 좋아서 밥 먹을 시간도, 화장실 갈 시간도 없이, 물 한 모금도 먹지 못하고 너무 바쁘게 일을 하고 난 후, 집으로 걸어가는 순간"이라고 대답했다.

내가 왜 그 순간을 가장 뿌듯하게 생각했는지 잘 기억나지 않는다. 그저 내가 '무엇인가'를 하는 듯한 느낌이 들었기 때문 아닐까. 그게 내가 생각하는 보람의 형태일까.

대화의 달인

간호사는 어느 연령대의 사람들과도 친해질 수 있는 직업이다. 나보다 나이가 몇 배 많은 사람들과 대화할 때 공통점이나 공감을 일으킬 수 있는 이야기는 거의 없다. 나 같은 20~30대의 여자의 관심 분야는 패션이나 미용 또는 연애, 결혼일 테지만, 조금만 더 나이가 많고 가정이 있는 사람이라면 관심사가 전혀 달라지기 때문이다.

갑자기 침묵이 흐른다. 속으로 '무슨 이야기를 꺼내야 하지…'라며 머뭇거린다.

그때 내 직업이 간호사라고 말하면, 나이 많은 아저씨, 아줌마들은 갑자기 말이 많아진다. 질병에 대한 궁금증, 힘들었던 이야기, 병원에 입원했던 이야기, 지인의 건강 이야기, 무슨 수술을 받았고 무슨 검사를 받았다 하는 이야기.

그렇게 이야기하면서 처음 뵌 아주 먼 친척하고도 이야기하고, 등산 가면서 30대 아저씨와도 이야기하고, 봉사 활동을 가거나 다른 활동을 가서도 나이 성별 상관없이 누구와도 말을 나누게 된다.

사실, 나는 말을 별로 하지 못한다. 간호사라는 이유만으로 모든 병을 다 알지 못할 테고, 실은 나도 잘 모르는 질병도 많기 때문이다. 내가 하는 역할은 남의 이야기를 들어주는 것일 뿐. 본인이 병원을 이곳저곳 찾아다니며 질병명을 알아내기까지 너무나 힘들었다는 이야기, 입원한 동안 간호사가 혈압만 재 주어도 고마웠다는 이야기, 본인이 얼마만큼 아팠는지 호소하는 이야기(어떨 때는 본인의 상처까지 보여주기도 한다), 돌팔이 의사 이야기…….

이런 이야기를 듣다 보면 '나는 참 사람들에게 힐링을 제공하는 직업을 갖고 있구나' 싶다. 어느 누가, 어느 직종이 이렇게 다른 사람들을 만나고 이야기를 들어줄 수 있을까 싶다.

그러면서도 그들은 나에게 반문한다. "간호사 일이 힘들지 않으냐"고. 그럴 때마다 나는 이렇게 대답한다.

"힘들어요. 몸과 마음 모두 참 힘들어요. 근데 왠지 제가 해야 할 일 같아요. 언제까지 할 수 있을지는 모르겠지만, 하는 동안에는 열심히 하고 싶어요."

아무나 할 수 없는 일

"유미야, 나는 참 네가 멋진 일을 하고 있다고 잠깐 생각했어."
어제 〈다큐멘터리 3일〉이 방송된 후에 나에게 이런 문자가 왔다.
어린이 병동에서 일하는 간호사들의 일상을 보여주는 방송이었
다.

그래, 나는 참 아무나 할 수 없는 일을 하는 거야.
나에게 이런 고귀한 일을 하게 해주어서 늘 감사하다.
내가 하는 일은 하찮지만, 그것의 의미는 그렇지 않으니까.
내가 하는 일은 사람을 돕는 일이고 살아가게 하는 일이며 살게
하는 일이니까.
내가 하는 일은 가치 있는 일이고 이타적인 일이니까.
단지 사회적인 업적이 아닌 스스로 높이는 일이니까.
내가 좋아하는 일이니까. 참으로 인간적인 일이니까.

흔히 하는 간호사에 대한 편견들과 오해들, 경력이 쌓일수록 쌓
여가는 오만함, 남들에게 간호사라고 쉽게 말하지 못하는 부끄러
움, 언론이 만들어내는 이기적이고 비인간적인 간호사의 이미지

…….

모든 것은 그대로겠지만, 그래, 내가 하는 일은 내가 제일 잘 아니까.

나의 일에 감사해야겠다.

아무도 알아주지 않아도

"포크랄 시럽(진정수면제) 주고 CT 찍어주세요"
주치의는 짧게 포크랄 처방을 낸다. 주치의는 그저 한 줄 문장을 뱉었을 뿐이지만, 내게는 이 한 문장에서 여러 가지 할 일이 이어진다.

1. (환자는 아직 어린아이이므로) 보호자에게 금식을 설명한다.
2. 혹시 모를 상황에 대비하여 정맥관을 확보한다.
3. 인턴에게 동의서를 의뢰한다.
4. 약국에 약 요청을 한다.
5. 동의서를 받은 것을 확인한 후에, CT실과 연락하여 환아가 진정이 필요한 검사임을 알린다.
6. 환아에게 모니터링 기계를 연결한 후, 의식상태와 산소포화도 수치, 맥박 수치를 확인한다.
7. 환아에게 약을 먹인다.
8. 환아가 수면 중임을 확인하면서, 모니터링을 지속한다.
9. 수면 상태임을 CT실과 확인한 후에, 인턴 동반하여 CT실에 보낸다.

10. CT 검사 후 돌아오고 아이가 깰 때까지 의식상태, 산소포화
    도 수치, 맥박 수치를 확인한다.

한 절차에서 다음 절차까지의 과정은 생각보다 변수가 많다. 한
단계의 절차가 진행되지 않더라도 검사는 진행되기 어렵다. 오늘
은 환아에게 포크랄 시럽을 먹이는 도중 환아가 구토를 하고 말
았다. 구토를 손으로 받아내면서도 '더럽다'라는 생각보다는 '어
떻게 검사를 진행하지'라는 걱정이 앞섰다.
간호사란 이렇다. 검사 하나 보내는 것조차 이렇게 단순하지 않
다. 간호는 주사만 놓는 단순한 행위가 아니다. 남이 볼 때 쉬워보
이고, 허드렛일같이 보이고, 금방 배울 것 같으면서도 실제로는
4년이나 배웠는데도 어렵고 어려운 게 바로 간호다.

현실이 녹록지 않다. 다른 사람을 위한 가치를 이해하지 못하는
사람들이 많아지고, 공감력이 저하되고, 빨리 문제해결을 해야
하고, 예민해졌다. 창의력과 문제해결 능력을 중시하는 4차 산업
혁명 시대가 다가오고, SCI급 논문들은 점점 실무와 거리가 멀어

지는 것 같고, 정치적으로 간호가 이용되고 있다.

간호의 본질은 도대체 뭘까. 내가 하는 일이 돕는 일일까. 이렇게 하는 일이 무슨 역할일까. 내가 여기서 이렇게 머무는 게 끝인 걸까. 내가 하는 일의 의미가 무엇일까.

〔환자의 산소포화도 수치가 가파르게 저하되고 있다. 급박하게 기도삽관을 하지 않으면 환자는 금방 의식이 저하되고 사망 위험성까지 있는 상황에서 환자는 간호사에게 "보호자 좀 불러주세요"라고 말한다. 빨리 기도삽관을 해야 하는 의학적 판단으로 보호자를 부를 시간도 없이, 바로 그 순간 기도삽관을 하고 추후에 보호자가 왔지만 환자는 결국 보호자를 보지 못했다.〕

우리는 최선을 다했고 누구도 잘못하지 않았다고 하는 상황임에도 간호사는 그 순간 어떤 선택을 해야 하는지 갈등한다. 보호자를 불러야 하는지 아니면 빨리 기도삽관을 해야 하는지, 어떻게 해야 의미 있는 죽음을 맞이할 수 있는지에 대한 고민, 인간애에 대한 고민과 갈등을 멈출 수가 없다.

이런 게 바로 휴머니즘이다. 인간의 바로 옆에서, 인간을 보며, 인간에 대해 생각을 하고, 인간에게 돌봄을 제공하는 것. 간호는 이렇게 휴머니즘을, 돌봄을 실현하는 직업이기에 최고의 윤리와 아름다움을 표현하는 예술인이자 윤리자이자 실무가라고 하는 게 아닐까. 타인의 것을 자신의 것으로 느끼고 대가가 없더라도 진심을 보여준다는 것. 자신을 희생하여 몸을 던지는 모습. 이게 바로 돌봄의 의미.

어느 누가 알아주지 않는다. 맡은 일과 사람에게 순간순간 최선을 다한 하루, 그저 나 스스로 누군가에게 소용이 되고 도움을 주었던 간호사여서 기쁜 하루였다.

내 가 만 들 어 낸 주 름

나는 오늘도 미생이 되고

나는 오늘도 미생이 된다. 나는 영업2팀에 계약직으로 들어온 장
그래가 되기로 한다. 아무 말도 못 하고 듣기만 하는 내 모습에서
장그래가 보인다.

아무의 잘못도 아닌 것에 책임을 지고, 문전박대를 당하고, 폭언
을 듣고 무시를 당하다 보니 마치 내가 출소한 장기수 같다.
전혀 아무 일도 없지 않았지만 그저 아무 일도 없는 듯이 이렇게
하루를 보내는 나를 보니 장그래가 더욱 떠오르는 날이다.
어떻게 해야 토네이도 안에 들어갈 수 있는 걸까. 언제쯤 나는 소
용돌이 안에서도 평화를 찾을 수 있는 걸까. 내 안의 나조차도 흔
들거린다. 내가 과연 간호사라는 직업을 계속해야 하는 것인가에
대한 의문이 시작되었다.

장그래.
그래.
하지만 나는 안 그래.

생각

아픈 사람들을 마주하면서 생각하게 된다.
얼마나 우리가 약한지.
얼마나 더 약해져야 하는지.

아등바등 노력해도,
세균이니 바이러스니 하는
눈에 보이지도 않는 것들에 의해서 생사가 좌우된다.
그러니 눈에 보이는 것들에 의해서는
얼마나 더 약해져야 하는 걸까.

그만두고 싶은 마음

이 일을 왜 그만두고 싶을까?

그만둔 동기가 왜 부러울까?

몸이 고되거나 과중한 업무 때문은 아니다. 3교대로 인한 수면 불균형보다, 그리고 진상 환자를 대하는 어려움 때문도 아니다.

내가 하는 행위 하나하나가 환자의 상태를 바꿀 수 있는 행위이기에 책임감을 느끼고, 그래서 더 어려운 것일지도 모르겠다.

'그만두고 싶은 마음'과 '그만둔 동기에 대해 부러움'은 단지 신체 시계의 불균형과 신체 노동 때문이 아니라, 내 행위와 그것이 초래할 결과에 대한 책임감, 그리고 그것에 대한 심리적인 압박감 때문일 것이다.

오늘처럼 우연히

아가씨. 여기 매장에 컵을 깨끗이 씻는지 알 수가 없잖아요. 그래서 개인 텀블러를 갖고 다니는 게 좋아요. 나도 얼마 전까지는 생각 못 했었는데 물어보니까 여기 매장에서 하루에 세제를 두 통이나 쓴다고 하더라고. 물론 깨끗이 씻기야 하겠지만 그래도 세제가 남아 있을 수도 있거든. 그래서 오늘 딸 텀블러까지 샀다우.

딸은 바이올린 전공하는데 보스턴에서 석사, 박사까지 하고 돌아와서 지금 학교에서 학생들 가르치고 있어요. 오늘은 레슨이 있어서 딸 올 때까지 여기에서 기다리고 있는 거고.
딸이 공부할 때 미국에 한 달 동안 지낸 적이 있는데 미국에는 스타벅스도 여기처럼 이렇게 큰 곳이 없어요. 테이블 하나에 의자 둘, 셋 정도 있고 이렇게 여러 사람 앉을 수 있는 큰 테이블도 없고, 한국만큼 커피가 비싸지도 않고, 사람들도 교양이 있고. 선진국이 역시 다르구나 느끼겠더라고.
유모차를 끌고 매장에 오는 사람도 없고. 물론 유모차가 들어올 공간도 여의치 않지만 말이에요. 애완견도 밖에 꼭 묶어놓고 들어오고 말이야. 우리나라는 거리에서 뽀뽀하는 것처럼 이상한 것

만 들어온 거 같아. 언제 꼭 한번 미국이든 유럽이든 여행 꼭 다
녀봐요. 여러 가지로 배울 게 많은 것 같아.

엄마랑 같이 다니려면 엄마 늙기 전에 빨리 가요. 나도 지금 늙었
지만 조금만 걸으면 다리가 아파서 힘들어. 엄마 다리가 아프기
전에 다녀야지 더 좋을 거예요. 어휴, 늙은이라고 오히려 슬슬 다
니고 그런 거 하지 말아요. 늙은이들은 그런 거 싫어해.
늙은이들만 있는 곳에 가는 것보다 교회나 성당같이 종교 생활을
하는 것도 좋은 것 같아. 요즘엔 그런 곳에서 여러 가지 활동도
많이 하거든. 내 딸도 교회에서 봉사로 오케스트라도 하고 그래
요.

아, 천주교구나. 난 지금 교회를 다니긴 하는데 내 딸이 천주교에
서 운영하는 초등학교를 다녀서 나도 6년간 성호경 긋고 했어요.
내 엄마가 절실한 기독교인이었는데, 물론 지금은 돌아가셨지만,
그때 딸이 집에서 성호경 긋는 걸 보고 얼마나 싫어하시던지.
그런데 뭐 6학년만 지나면 하라고 해도 안 할 거 굳이 하지 말라

고 할 이유 없잖아요? 그래서 나도 그땐 성호경 긋고 다녔지. 수녀님들하고 지금까지 연락하고, 김수환 추기경님하고 사진도 찍고. 어디 그 사진이 있을 텐데.

이런 거 물어봐도 되나? 혹시 나이가 어떻게 돼요? 아, 서른세 살. 딱 부모님이 결혼하라고 할 때네. 나이 들고 보니까 결혼할 상대는 우선 입맛이 같아야 해. 나랑 딸은 토스트에 커피 하나면 딱인데 남편은 된장찌개에 밥을 달라는 거야. 그게 얼마나 짜증 나는지 몰라.

그리고 종교도 같아야 좋을 것 같고. 그래야 주말에도 같이 뭘 할 수가 있거든. 혼자 집에 있는 거 보면 얼마나 꼴 보기 싫은지……. 물론 다 내 경험에서 나온 얘기야. 그리고 취미 생활도 같이할 수 있는 게 하나쯤 있어야 좋고. 하루 정도는 술을 왕창 먹여보기도 해야 해.

자식 낳아도 꼭 직장은 그만두지 말고. 근데 뭐 요즘에는 이혼도 많이 하고 혼자 사는 사람도 많으니 굳이 그걸로 스트레스 받을 필요는 없는 거 같아요. 내가 아는 어떤 사람은 마흔 넘어서 초혼

했는데 잘 살아.

책 읽는데 내가 너무 많이 방해하는 건 아니죠? 아휴, 그렇게 말해줘서 고마워요. 늙으면 풍경 좋고 한가한 곳에 살아야 좋다고 들 하는데 난 안 그래. 집 밖에 나가면 병원, 약국 가깝고 어디에 가도 사람들 만날 수 있는 곳이 참 좋은 것 같아.

딸이 이제 레슨이 끝났다네. 난 이제 가봐야겠어요.
고마워요, 아가씨. 또 봐요. 오늘처럼 우연히.

학위수여식

그동안 나를 괴롭혔던 질문이 있다.

'이렇게 사는 게 맞는 걸까?'
'이렇게 사는 게 올바른 길일까?'
'왜 나는 이런 길을 택했을까?'

내가 원해서 온 길임에도 불구하고, 나는 2년 6개월 동안 끊임없이 질문을 했다. 그래도 뚜렷한 대답을 내놓지 못했다. 내 역할은 변함없을 것이고 내가 하는 일 또한 이전과 앞으로 크게 다르지 않을 것이기 때문이다. 연락하지 못한 친구들, 늘 찾아뵙지 못한 가족들, 연애도 하지 못했던 바보 같은 날들, 제대로 관리하지 못해 얼굴에 나타나는 세월의 흔적, 며칠 동안의 여윈 잠들, 학비로 빈 통장과 그와 함께 비어버린 체력……. 얻는 것보다 잃어버린 것이 많은 이런 삶에서 더 큰 회의감을 들었던 것 같다.

그래도 지난 2년 6개월을 돌이켜보며 하나 건진 것이 있다면, 평생 자주 들었던 '착하다'라는 평가와는 달리 나름의 독한 부분도 있다는 것을 발견한 것이다. 그동안의 나날은 새로운 내 모습을 발견하고, 진실한 내 모습을 찾아가는 길의 중간지점일 것 같다. 그런 의미에서일까. 거울에 비치는 눈가에 맺힌 주름이 좋아지기 시작했다. 신실했던 열정의 시간이 만들어낸 주름. 그것은 오롯이 내가 만들어낸 것이었다.

드디어 마침표를 찍는 오늘.
부모님과 동생과 오빠의 가족까지 모두 모여 나를 축하해주었지만, 그 누구보다 나 스스로 축하를 건넸다. 너무 수고했다고, 대견하다고 나 자신을 쓰다듬으며 어깨를 토닥여주었다.

"유미야, 수고했어! 그리고 너의 선택이 옳았어!"

그래, 내 선택은 옳았다. 나 스스로 이렇게 외치고 있었다.
그렇다. 앞으로 내 길이 어떻게 흘러갈지는 모르지만, 이 길이 내 길임에는 틀림없다.

봄을 기다리며

저는 잘 지내요. 올겨울은 정말 너무 추웠어요. 주황색 거위털 점퍼를 입고 동생과 오빠와 함께 초등학교로 걸어가던 아침. 그때 추위가 생각났어요. 입이 얼얼하고 귀가 얼어 장갑 낀 손으로 귀를 막고 다리를 건너야 했거든요. 정말 귀가 얼 것 같았어요. 아무 느낌도 나지 않았던 것 같아요.

다리 아래에는 다리가 긴 흰 새가 추위도 모르고 강가에 있는 모습을 보곤 했는데, 너무 신기했어요. 새는 추위를 느끼지 않나 봐요. 어른이 된 지금도 저는 그 새가 추웠을지 아니면 참을 만했는지 아직도 궁금해요.

교실에 도착했을 때 온몸이 간질거리던 그 느낌을 잊을 수 없어요. 특히 손끝과 귀, 발끝이 간질거렸어요. 저는 어른이 되면 그런 추위는 느끼지 못할 것 같았거든요. 그 뒤로 그런 추위를 느낀 적이 없어서 그때 제가 어려 추위에 약해 그렇게 느꼈나 보다 생각했어요.

제 인생에서 가장 추운 겨울은 그렇게 기억 속에만 있을 줄 알았는데 올겨울은 그때 그 겨울을 떠오르게 했어요. 그나마 올겨울에는 롱패딩이 유행이어서 다행이에요. 이불같은 패딩 하나를 샀습니다. 엄마가 뜨개질로 목도리를 두 개나 만들어줬어요. 베이지색과 회색 목도리를 번갈아 매며 올겨울을 났습니다. 몇 년 동안 지냈던 집인데 갑자기 온수관도 얼어 며칠이나 고생했어요. 주차장에 있는 얼음도 녹지 않더라고요.

지구가 얼음으로 덮인 그림을 초등학교 도서관에서 본 적이 있어요. 저는 그 책을 보고 앞으로 지구가 얼어버리면 어떻게 하나 걱정했거든요. 그래서 과학 미술대회에서 제가 그렸던 미래는 항상 겨울이었어요. 밖은 눈으로 가득하고 도시는 비닐하우스로 온기를 유지하고 있는 그림. 지구 온난화를 걱정하는 사람들은 얼마나 그 그림이 웃겼을까요.

올겨울에는 아픈 사람들이 정말 많았어요. 인플루엔자가 A형이랑 B형 상관없이 유행했고 다른 바이러스도 많이 유행했던 것 같아요. 원래도 아픈 이들인데, 독감에 걸려 질병이 악화돼 수백 명 아니, 어쩌면 수천 명의 환자가 응급실을 찾은 것 같아요.

저도 걸렸을지도 몰라요. 너무나 많은 환자를 마주했거든요. 몇몇 직원들은 고열이 나고, 기침을 하고, 목이 부은 상태로 일을 해야만 했어요. "진짜 독감이라고 할까봐 검사를 못 해. 나 대신 일할 사람이 없으니까"라며 컴퓨터 앞에 앉아 중얼거리는 혼잣말을 들었는데, 아마도 어느 교수님이었던 것 같아요. 마스크를 쓰고 있어서 누군지는 모르겠어요.

올겨울 병실 가동률이 98% 정도라고 들었어요. 응급실도 응급실인데, 중환자실도 일반 병실도 모두 빈자리 없이 환자로 가득했습니다. 응급실에는 누울 자리는커녕 앉을 자리 한 곳조차 없는 날이 대부분이었어요.

80대, 90대 고령의 아픈 이들도 있을 자리조차 없었어요. 고개를 푹 숙이고 조끼와 두꺼운 잠바를 입고 털모자를 쓰고 어깨를 움츠린 채로 예진실에 앉아 있던 할아버지를 잊을 수가 없어요. 혈압을 재려고 잠바를 잠깐 벗었는데, 그 팔이 어찌나 야위었는지……. 그건 저만 봤을 거예요.

나이를 먹는다는 것은 그런 걸까요. 갈수록 약해집니다. 2월의 마

지막 날 새벽에도 환자들이 밤을 새워 왔어요. 아마 어제도 아픈 이들은 누울 자리 없는 응급실에서 몇 시간을 기다렸을 겁니다. 너무 짠해요. 아프다는 건.

2월의 마지막 날 밤을 새워 일했고 아침에 퇴근했어요. 해가 밝지 않아 낮에 깨지 않았어요. 오후 5시쯤 눈을 떴는데 밖에서 빗소리가 들리네요. 겨울이 끝날 것 같지 않더니 비가 옵니다. 주차장에 있던 얼음이 녹았을까요. 한번 밖에 나가봐야겠어요.

아직 추운데 내일이 3월이라니 괜히 설레요. 자전거를 타고 공원을 달리고 싶어요. 파란 잔디는 언제쯤 볼 수 있을까요.
긴 벤치에 누워 얼굴로 해를 마주하고 싶어요. 옆에 물 한 통 두고 종일 그 벤치에서 지낼 거예요. 책을 읽을까요, 시를 읊을까요. 아니 그냥 강가를 바라보고 싶어요. 해가 중천에 반짝일 때부터 노을이 질 때까지 바라보고 싶어요. 하루를 그렇게 낭비해보고 싶어요.

설레요. 빨리 제가 거기에 가 있었으면 좋겠어요.

봄을 기다리는 마음으로 2월을 보냅니다.

아, 빨리 따뜻해졌으면.

오늘도
도망치고
싶지만

1판 1쇄 발행 2018년 10월 25일

지은이 박유미
기획마케팅 조민호
펴낸이 최창욱
펴낸곳 윌링북스
주소 서울시 은평구 갈현로1길 11 B-602
전화 02-381-8442 **팩스** 02-6455-9425
이메일 willingbooks@naver.com
출판등록 제25100-2017-000010호
ISBN 979-11-963441-2-2 03810

* 책값은 뒤표지에 있습니다.
* 잘못된 책은 구입하신 서점에서 바꾸어 드립니다.

이 도서의 국립중앙도서관 출판예정도서목록(CIP)은
서지정보유통지원시스템 홈페이지(http://seoji.nl.go.kr)와 국가자료공동목록시스템
(http://www.nl.go.kr/kolisnet)에서 이용하실 수 있습니다.(CIP제어번호: CIP2018032326)